W0024973

Roger Willemsen

Kleine Lichter

S. Fischer

2. Auflage: März 2005

Satz: H & G Herstellung, Hamburg
Druck und Bindung: GGP Media GmbH, Pößneck
Printed in Germany
ISBN 3-10-092102-X

Hier endet meine Reise zu den Männern. Sie endet bei dir.

Mit dir nehme ich Abschied von allen, die mal meine Liebhaber waren und allen, die noch kommen wollten. Kein großer Bahnhof nötig. Du bist mein letzter Mann. Die Reise ist vorbei. Ich bin angekommen.

Mach dir keine Gedanken. Schon gar nicht, warum ich dir dies auf Kassetten spreche. Man soll sie dir vorspielen, solange ich weg bin. So werde ich nicht wirklich weg sein.

Und stör dich nicht daran, dass ich ein Wort so verschwenderisch gebrauche, mit dem du so geizig warst. Ich will dir die Liebe erklären, wie man den Krieg erklärt. Das heißt, *die* Liebe kann ich dir nicht erklären, nur meine. Ich erkläre sie dir in alten Vokabeln. Es geht nicht anders: Wer liebt, wechselt das Jahrhundert.

Was für ein Abend! Du solltest die Schwalben segeln sehen, durch die Häuserschluchten tauchen! Gleich wird es regnen. Ich muss die Fenster aufreißen, damit wir den Geruch nicht verpassen. Ich will den Staub für dich einatmen, die Wiener Sommerhitze. Schwärmen würdest du. Da stehen und schwärmen, und du hättest Recht.

Ich sehe dich an. Du am Fenster, ich hier. In meiner Vorstellung sind wir wieder zusammen, hier in unserer Wiener Wohnung.

Ich könnte so ruhig sein. Könnte barfuß gehen, dich von hinten umarmen und halten. Du könntest mich später mit deinem Flüstern zum rauschenden Regen in den Halbschlaf schaukeln. Wir könnten weiter ein Leben im Konjunktiv führen, wie es Kinder spielen: Du wärest der Mann und ich die Frau, und du kämst nach Hause und ich würde schon da stehen und wir hätten …

Du fehlst. Du fehlst, dass es schmerzt, unentwegt. Aber eigentlich hast du immer gefehlt.

Du warst nie genug.

Es ist nie genug. Jetzt –

Entschuldige. Ich hatte so schwere Tage.

Ich kann das Kommen und Gehen deines Atems hören. Bilde ich mir ein. Das Leben ist immer noch schön in dir. So war es immer: Was mit dir in Berührung kam, verwandelte sich und wurde dir ähnlich und schön.

Traf heute die alte Frau Koll im Treppenhaus. Ob mir Wien nicht fehle, ob ich nicht verkümmere so weit weg? Was sollte ich sagen, sie blickte so diagnostisch. Ob mir »da unten« das heimische Essen nicht fehle und die Muttersprache?

Ich ess alles, sag ich, und die Sprache hab ich immer bei mir.

»Sie waren ja als junges Mädchen eine Schönheit von erster Qualität, nich?«, antwortet sie und dreht sich weg.

Und was bin ich heute, sechs Monate, nachdem ich

endgültig aufgehört habe, eine junge Frau zu sein? Sieh mich an, du kennst mich doch noch?

Komm, ich nehme dich mit zu unserem Fenster. Komm. Wie dir die Mauersegler gefallen würden mit ihren todesmutigen Stürzen!

Entschuldige.

Wenn ich mich ganz hinausbeuge, kann ich sehen, wie ihre Flügelspitzen fast die Hauswände streifen. Schwül ist es, die Mücken schwärmen tief.

Kein anderer Vogel ist noch in der Luft. Jetzt wird jeden Augenblick der Regen einsetzen.

Jeden Tag mache ich mich auf den Weg zu dir. Manchmal, wenn ich in der Bahn sitze oder irgendwo warten muss, gehen meine Gedanken durch die Mauern zu dir. Dahinter liegt der Salon, das Dunkel des Waldes, der Stadtrand, ein See. Manchmal schwimme ich hinaus, tauche tief und kenne deine Welt nicht. Immer verliere ich Licht.

Trotzdem breche ich so gerne zu dir auf. Noch fasse ich dich nicht an, das kann ich noch nicht. Ich sehe dir nur zu. In Erinnerungen an unsere Nächte zu schwelgen fällt mir leichter, solange ich nicht weiß, wie sich deine Haut heute anfühlt, wie dein Körper ist, wenn er nicht antwortet. Die Schwestern wissen es, und sie wissen, wie sie mit dir umgehen müssen. So kann ich noch nicht sein.

Du ruhst, trotzdem bist du in Bewegung, und jeder Tag bringt uns unserem ersten Kuss näher, unserem nächsten ersten. Ich stelle mir vor: Das Leben wird in deine Lippen fließen, und sie werden auf meinen Lippen flüstern. Manchmal kann ich das Zittern dieses ersten

Kusses fühlen, manchmal bin ich Jahre weiter. Da küsst du schon satt und stark, und wir können es immer noch nicht lassen.

Und denk dir: Alles könnte noch gut gehen. Du müsstest nur aus dir heraus treten, aus dem Hintergrund der Bühne vorn an die Rampe. Lass uns weiter im Konjunktiv spielen: Ich wäre hier, du kämest rein, überrascht, ich liefe dir entgegen, du nähmst mich in beide Arme, wir wären mitten im Kitsch ... Lass mir meine Trümmerfrau-Phantasien. Ich wollte immer einen Heimkehrer, ausgezehrt und bedürftig, entlassen aus der Gefangenschaft.

Wir haben nie viel geredet über unsere Phantasien. Vielleicht hattest du keine. »Leben Sie Ihre Phantasien aus!«, nur Illustrierte raten einem solche Sachen. »Verliebt für immer? Es geht. Neun Tricks für ewiges Bauchkribbeln!«

Ich habe keine Phantasien, ich habe Phantasie.

Wusstest du das: In der Tierwelt beginnt die Degeneration mit dem Weibchen. In der Menschenwelt, finde ich, beginnt sie mit den Frauenzeitschriften, mit »Wellness« und »Streicheleinheiten«. Man kann sie kaum mehr erkennen, die Liebe.

Jetzt musst du zuhören. Die Geräusche vom Flur blende aus, die Visite, das Scheppern der Putzfrauen. Jetzt musst du bei mir sein. Das ist das Gute an dieser schockgefrorenen Zeit.

Nicht nur dir, auch mir passieren jetzt andere Dinge als früher.

Gestern sitze ich im Sperl, ein Herr nähert sich. Ich schüttele den Kopf schon, bevor er am Tisch ist: Kein

Feuer, keinen Kaffee, kein Wiedersehen. Bitte. Aber sein Bremsweg ist lang, er zögert erst spät.

»Verzeihen Sie«, sagt er, und er meint es, das kann ich sehen. »Wir haben uns einmal gekannt.«

Ich schüttele den Kopf, er insistiert.

»Haben wir nicht«, sage ich.

»Erinnern Sie sich denn gar nicht?«

Ich sehe in seine Augen, die, groß und leer, ohne Lidschlag an meinen festhalten.

»Es bleibt bei Nein«, sage ich.

»Aber, sagen Sie, haben Sie mich denn nicht vor zwölf Jahren, als ich im Koma lag, im Alsergrund-Krankenhaus besucht und meine Hand gehalten?«

Er hätte mir eine Betonplatte über den Kopf schlagen können.

»Nein«, schreie ich.

Ich muss ihn erschreckt haben, er weicht leicht zurück.

»Sind Sie sicher?«

Ich nicke.

»Das ist schade, das ist jammerschade, ich hätte gedacht ... Aber ich erkenne doch Ihr Gesicht.«

Meine Tränen sind ihm offenbar peinlicher als mir, er geht schrittweise rückwärts, ich schüttele weiter den Kopf.

»Das ist schade«, sagt er noch immer, »jammerschade«.

Warum muss mir das jetzt passieren, in dieser Situation?

Du hältst den Atem an. Was es bedeutet, dass ich mich hinsetze und diese Kassetten für dich bespreche, willst du wissen. Willst du? Lebt diese Sorge überhaupt noch in dir?

Sogar die Ärzte haben mich ermutigt. Patienten wie dich muss man erschüttern, meinten sie, da seien schon welche mit Hilfe ganz anderer Töne ins Leben zurückgebracht worden.

Meine Fragen treibe ich in dein Schweigen, Stollen für Stollen. Willst du mehr als existieren? Hat dein Leben noch Personal? Sind deine Landstriche noch besiedelt, deine Straßen noch bevölkert? Wohnst du noch bei uns?

Morgen also werde ich für drei Monate nach Tokio zurückgehen, meine Wohnung auflösen, die Verträge kündigen, Besitz verschenken. Ein paar Händler und Galeristen muss ich zum Essen einladen, Abschied feiern und das Leben beenden, das ich in den letzten zehn Jahren dort geführt habe.

Danach komme ich heim. Vielleicht bin ich auch schon im Oktober wieder da. Bis dahin lasse ich dir diese Kassetten, komme Tag und Nacht in deinen Kopf und verführe dich ins Leben. Mach dir keine Gedanken, mein altes Leben saß ja schon seit einiger Zeit nicht mehr richtig. Jetzt gibt es Wichtigeres.

Ich habe dich so lange angesehen und gefragt, was kann ich tun, was ist groß genug? Mein Leben in deine reglosen Hände legen, das kann ich. Warte auf mich.

Wenn Liebe Leben retten kann, dann werde ich dich retten.

Um Himmels willen, wie rede ich? Diese Worte sind doch schon gar nicht mehr in Gebrauch. Vielleicht weil die Gefühle dazu nicht mehr wahr sind? Macht denn die Liebe aus uns Menschen von früher?

Angeblich ist ja die Liebe das einzige Ding, über das man nichts Absurdes sagen kann. Trotzdem bin ich mir peinlich. Ich rede, auch wenn es keine Form gibt für das, was ich dir sagen will. Die Welt ringsum ist ironisch. Die Natur ist es nicht. Die Liebe ist auch nicht ironisch.

Hör zu, ich erzähle dir meine Version von dir und mir.

Wo fängt unsere Geschichte an? Und wie kann ich sie so erzählen, dass du zurück willst in jene Erzählung, die du als Fragment zurückgelassen hast? Von »Was bisher geschah« bis »Und wenn sie nicht gestorben sind«.

Das Resultat zuerst: Ich ziehe zu dir nach Wien, hierher in unsere Wohnung. Da liegt das Leben, für das ich dich gewinnen will. Solltest du weniger Zeit brauchen als ich in Tokio, musst du auf mich warten. Sollte ich früher zurückkehren, werde ich warten.

Aber wie findet man den Anfang einer Geschichte? Unter so vielen doppelt belichteten Bildern, so vielen lose liegenden Fäden?

Vielleicht so: Am Anfang, als ich wieder nach Tokio zurückkehrte – das habe ich dir nie erzählt. Es war ein diffuser Tag, in den hinein ich flog, ohne Sonne, aber das Licht schimmerte, wollte nicht dämmern und hing selbst über den Wolken fahl.

Unsere ersten drei Londoner Tage lagen hinter mir. Behangen war ich noch mit dir, nicht ganz aus unserem Kokon geschlüpft, Stunden geflogen und alles schlief.

Mit einem Mal reißen die Wolken unter mir ein kleines Stück auf. Wie ein Flicken in einem Quilt musst du dir das vorstellen, wie eine Intarsie: Ein

Stück Feld mit Felsen und Buschwerk, nichts Besonderes. Ich kann dir nicht einmal sagen, welches Land da unten lag. Jedenfalls sah es wüst aus und unbewohnt wie die Mongolei.

Und jetzt stell dir vor: Ich fliege in elftausend Meter Höhe über diesen kleinen Ausschnitt Erde mit seinen Felsen und Gestrüppen, und mit einem Mal fällt ein Sonnenstrahl schräg durch dieses Loch in der Wolkendecke, an mir vorbei, auf dieses unbehauste Stück Land, und kehrt strahlend reflektiert in den Himmel zurück.

Vielleicht war es ein Gewächshaus, auf das die Sonne fiel, aber ich dachte: Da liegt vielleicht eine vor zwanzig Jahren auf dem Feld zerbrochene Scherbe, aber nur an diesem einen Tag, nur aus jener einen Position, die das Flugzeug in dieser Sekunde einnahm, nur unter genau dem Einfallswinkel, der den Sonnenstrahl auf die besondere Krümmung der Scherbe in diesem Moment lenkte, nur im sinfonischen Zusammenklang aller physikalischer Gesetze wirft diese Scherbe, vielleicht zum ersten Mal in zwanzig Jahren den Strahl so zurück, dass er mich, gerade mich, mitten ins Auge treffen und blenden kann. Kannst du dir das vorstellen? Sie meinte mich.

Das war der Anfang.

Liebe. Ich sehe dem Wort nach, wie es in die Dämmerung flattert. Wie wird es in deiner Nacht ankommen? Herrscht da noch die wirkliche Welt? A propos: Sehen zwei Raupen einen Schmetterling fliegen. Sagt die eine: In so ein Outfit kriegst du mich nie! Lachst du? Das stammt aus der wirklichen Welt.

Lieber … Was macht glücklicher: Das zu sagen oder es zu hören? Wie froh bin ich immer gewesen, wenn ich dich so nannte! Heute bin ich nicht froh – ich will nicht so da stehen wie meine Sätze. So sollst du mich nicht sehen.

Das Leben lebt nicht mehr. Aber ich bewege mich darin wie von Sinnen, schlafe unruhig, auf der Suche nach einer Haltung, in der ich die Schmerzen weniger fühlen müsste und dich erreichen könnte. Ich gieße deine Blumen, bis das Wasser über den Rand tritt. Ich lege Alben auf, die wir nie gehört haben. Auf der Treppe bleibe ich stehen wie eine Hausmeisterin und verwickele die Mieter in Gespräche. Sie fragen nur vage nach dir. Keiner traut sich, genau zu sein. Dann ziehe ich mich wieder hinter die Tür zurück und inhaliere die Luft, in der noch dein Atem sein muss.

Als ich noch ein Kind war, nannte ich mich Witwe. Eine Hinterbliebene wollte ich sein in schwarzen Strümpfen, eine, der nicht mehr geholfen werden kann, die man in ihrem Gram respektieren muss. Das war die erste Lebensform, die ich für mich ausgesucht hatte. Später kam das Flittchen, die Staatsfeindin, die Amazone.

Als ich jünger war, war ich reifer: Meinen idealen Geliebten jedenfalls malte ich mir immer aus als Staatsfeind Nummer Eins. Riskant, aufrichtig und mit Anliegen. Ich muss jetzt manchmal an ihn denken.

»Und was wirst du kriegen?«, fragte mein Vater. »Einen Staatsdiener Nummer Dutzend.«

Die hat er mir beschrieben wie die Beamten bei Jacques Tati, monotone Männer mit ausverkauften Köpfen.

Mein Erster war dann wirklich so ähnlich, zehn Jahre

älter, aber abgeklärt wie ein Pensionär. Marcel hieß er, das war damals noch originell. Aber begehrt hat er mich, als hätte er die Begierde schon hinter sich, furchtbar, im Grunde morbide. Er hätte sich auch mein Foto ins Bett legen können. Sich selbst nannte er »altersweise«, und wenn er gekommen war, sagte er immer: »Danke, dass es dich gibt!«

Neulich las ich von einem heidnischen Ritual. Da spielen die Musikanten ihre Weisen wild durcheinander und hoffen, dass sie in dieser Kakophonie zufällig die Tonfolge treffen, die den helfenden Gott wecken oder den Dämon vertreiben werde. Jetzt rächt es sich, dass du nie von meinen Männern wissen wolltest. Jetzt probiere ich sie an dir aus.

Du weißt ja, ich war nicht gerade das geliebteste Kind meiner Eltern und deshalb so dankbar für sein »Danke, dass es dich gibt«. Aber der Sex mit ihm fühlte sich an wie körperlose Pornographie, wie begleitetes Masturbieren, und die Liebe, die er meinte, gibt es wohl sonst nur noch in der Wendung »liebevoll zubereitet«. Aber damals verstand ich weder vom Sex noch von der Liebe besonders viel und dachte, das alles müsse so sein.

Was ich von ihm wollte, weiß ich nicht mehr. Vielleicht habe ich für kurze Zeit an seine Autorität geglaubt, an seine Eigenheit. Doch wenn wirklich jemals etwas Besonderes an ihm gewesen war, hatte er es sich vermutlich längst wegtherapieren lassen.

Dabei wirkte er am Anfang noch so attraktiv forsch, als er sagte:

»Bild dir bloß keine gemeinsame Zukunft ein.«

Das gefiel mir irgendwie. Aber am Ende war selbst von seiner rücksichtslosen Attitüde nichts mehr übrig. Er wolle keine »Besitzansprüche« erheben, hat er immer wiederholt, da war ich schon abgebrüht genug, ihm ins Gesicht zu lachen: »Ja, was denn sonst? So ist die Liebe nun mal, voller Besitzansprüche.«

Ich habe ihm offenbar einen Heidenschrecken eingejagt. Du glaubtest ja immer, nur Frauen hätten Angst vor Worten, von wegen!

Jedenfalls wurde ich von da an dominanter aus Lust an der Dominanz, das hatte mir das Kino beigebracht, und er alterte gleichzeitig so rapide, dass ich ihm schnell zu anspruchsvoll wurde. Am Ende war er windelweich und nicht mal mehr besonders männlich. Kann einer in einem Jahr die Generation wechseln?

Ob du den fühlen kannst? Na? Löst er was aus?

Geschlafen habe ich trotzdem mit ihm. Aber ich will dir nichts vormachen. Heute sehe ich ihn wie in einer Vitrine, wie seine Nachfolger, schmale Seelen, groß im Geschäft, klein im Geschlecht.

Am wenigsten aber weiß ich, wer ich selbst damals war. Eine, die ihrer Reife hinterherläuft, jedenfalls. Die Liebe, das sollte die Gegenwelt sein, zu den Eltern, zur Arbeit. Aber ich lief in jedes Verhältnis hinein, verstehst du, auf dieser offenen Flanke hast du mich erwischt.

Wenn wenigstens die Angst nicht wäre, die Angst vor mir selbst, vor dem Verlust und dem Ich, das bleibt, nimmt man ihm die Liebe weg. Ich kenne es ja kaum mehr, weiß ja kaum, wie es lebt. Aufstehen, Waschen, Aus-dem-Haus-Gehen, Arbeiten, Heimkommen, Essen, Schlafen, unbegleitet von dir?

Die Liebe verlangt doch nach einer dauernden Steigerung der Anwesenheit, und das war es doch, was ich wollte: dich immer anwesender zu machen.

Aber du? Gefehlt hast du mir immer. Selbst mitten im Kuss. Aber wenn du mir nicht mehr fehlst, was bin ich dann mehr als nur ein Pronomen?

Und zwischendurch beschleicht mich diese kleinliche Furcht, dass ich allein es jetzt bin, die die Liebe treibt, dass sie zusammenfiele, wenn ich sie ließe. Versteh doch, in einer Symbiose kann nicht ein Teil gehen, es sterben immer beide zusammen. Zumindest bade nur ich unsere Liebe aus.

Was meinst du, warum die chinesischen Kaiser immer vor Sonnenaufgang aufstehen mussten. Sie wollten sagen können: Das Aufgehen der Sonne haben wir erst ermöglicht.

Am Anfang wäre ich ja noch bereit gewesen, mich in die Täuschung zu werfen und auf die Gefahr des Verlusts hin zu leben. Aber heute bin ich mitten im Kitsch und will das Meer der Liebe, kein umgekipptes Gewässer!

Ja, ich fürchte, meine Angst vor der Trauer ist stärker als mein Appetit auf das Glück.

Aber keine Sorge, ich halte durch. Schließlich bist du meine Privatsache. Ich halte auch allein durch. Aber du darfst mich nicht zu lange warten lassen, sonst wirst du Ich.

Ich war bei meinen Männern. Von Marcel weißt du ja schon. Mein erster ernst zu nehmender Liebhaber, Silvio, war ein schöner Mann, also ein fataler. Er trug so eine reduzierte Innigkeit zur Schau, weißt du, da war so gar nichts Extrovertiertes, nicht einmal etwas Expressives, und dazu lachte er wie einer, der es noch nicht richtig geübt hat. Ich weiß bis heute nicht, was er bei mir gesucht hat.

Physisch Arbeitende sind oft so. Bei der Universität sei er angestellt, hat er gesagt. Vielleicht war er in der Poststelle. Diesen schwankenden Gang haben nun mal nur Leute, die das Lastentragen gewohnt sind.

Jedenfalls glühte ich, wenn er mich packte und sich schweigend den Weg zwischen meine Beine bahnte. Er war so beherrscht dabei, so sachlich wie ein Samurai, und meine Erregung fand ihren Weg nicht über die Haut, nur über den Kopf. Ein Killer, ein Vollstrecker. Wenn er in mich eindrang, dachte ich, jetzt dringe ich in sein Schweigen ein. Er sollte mir etwas sagen in seinem Stöhnen. Aber so tief sind wir nie gekommen. Er hat mir nichts offenbart.

Jedes Mal dachte ich, jetzt muss er sich entpuppen. Aber entweder hatte er seinen Sex mit sich selbst oder ich habe ihn nie verstanden. Jedenfalls habe ich vergeblich darauf gewartet, dass er mich mit seiner Kraft eines Tages in sein Schweigen einschließen würde. Da bin ich nie angekommen, und im Grunde fand ich das ganz verführerisch.

Er war so ein Pessimist mit schwarzen Höfen um die Augen. Hatte er die vom Pessimismus oder hatte er sich seine Weltanschauung passend zu den Augen ausgesucht? Ich weiß es nicht. Physische Arbeit ist ja auch eine Antwort auf Verzweiflung.

Ich empfand eine Art Liebe zu ihm, wahrscheinlich weil er bis zuletzt ein Versprechen geblieben ist. Bis zuletzt heißt, bis er zuckerkrank wurde, Erektionsprobleme kriegte und begann, andauernd davon zu reden.

Am Ende wurde alles Physische immer schwieriger, und für mich war er verloren. Heute bin ich nicht mal sicher, ob er je so gewesen war, wie er mir anfangs erschien. Wahrscheinlich bot er einfach nur eine gute Projektionsfläche für meine Illusionen.

Ist das würdelos, was ich hier bin: Ich, die unheilbare Liebende, du, der große Schweiger, der mir nichts hinterlassen hat als Rätsel, Seufzer, Erinnerungen, das Jauchzen und Klagen deiner Lust an meinem Ohr. Das Gesicht dazu bleicht langsam aus. Das sollst du ruhig wissen. Denn ich habe mich ja selbst erschrocken bei dem Gedanken: Der Tod der Liebe bedient sich des Vergessens.

Wie konnte ich irgendetwas vergessen?

Das soll die Liebe sein? Ja, ja, sage ich und glaube mir.

Dir nicht.

Du bist zu deiner Zeit ein großer Liebender gewesen, eine Jahrhundertbegabung im Umgarnen, und ich habe dich angehimmelt in dieser Passion, die von dir auf mich nieder strahlte und habe dafür gesorgt, dass sie nicht satt wurde, dass dein Verlangen nie gestillt war. Aber irr dich nicht, die Liebe, die du siehst, ist nur, was ich dir zu sehen gebe. Daneben habe ich noch meine geheime Liebe, meine Verrücktheit.

Diesen Garten kennst du noch nicht, den habe ich uns aufgespart für jetzt. Darin sammle ich deine Spuren, Rückstände aus deinem Leben, Gekritzeltes, Verlorenes. Kleine Trophäen unserer Rasereien. Darin fühle ich dich, wie du es nie erlebt hast. Die Liebe ist ein Versprechen. Meine besten Versprechen habe ich mir aufgehoben.

Sieh dir zum Beispiel den Inhalt dieses Koffers an. Nur einen einzigen Schritt musst du zurücktreten, schon sind es nur noch die Hinterlassenschaften unserer Geschichte: Tickets, bekrakelte Speisekarten, das Püppchen eines Mannes mit Hut und Mantel, eine senegalesische Serviette mit Restaurant-Stickerei, »Chez Amadou«. Billets douces, Ausrisse aus einer Zeitung, Programmhefte, Fotos, ein Schwamm, Kronkorken, ein Kerzenstummel, Tessas Todesanzeige, lauter Requisiten für das wahre Drama aller Liebenden, das mit dem Titel »Weißt du noch?«, oder »The Way we Were« oder »Wish You Were Here«.

Ich küsse dein Bild, ich gehe auf deinen Spuren zurück in unsere Geschichte, ich gehe wie durch den Schnee in deinem Tritt, um zu fühlen, wie dein Schritt ist, ich gehe so männlich ... als könnte ich auf deinen Spuren in das Haus unserer Liebe zurücklaufen, wo alles ist, wie es war.

Wie viele Briefe habe ich nicht abgeschickt, wie viele ins Blaue geschrieben. An deinem Bett habe ich gestanden, meine Fingerspitzen geküsst, um deinen Leib damit zu betupfen, Schriftzeichen auf deine Brust zu malen.

Ich lasse nichts unversucht.

Meine Verrücktheit macht dir Angst? Ich nenne Vernunft, was da ins Verrückte spielt. Vergiss nicht, seit einem halben Jahr liebe ich ohne Antwort, ohne Korrektur. Ich sitze an deinem Bett, massiere dir die Füße, stelle Teelichter auf und fühle hinaus ins Ungewisse.

Da ist es nicht leicht, bei Trost zu bleiben. Doch wenigstens verstehe ich jetzt, was es heißt, uns sei bestimmt, was wir lieben, nicht, von wem wir geliebt werden.

Manchmal war mein Fühlen so groß und unbeantwortet, dass ich in der Zeitung die Todesanzeigen Unbekannter studierte, die sachlichen, geschäftlichen vor allem, in denen es heißt, dass der Verlust unersetzlich sei und dem Toten für immer ein Andenken bewahrt werde. Aber so ist es nicht, oder? Dann habe ich mich hingesetzt und all mein Fühlen in eine Anzeige für so einen Fremden gelegt. Waren die Todesanzeigen in der Zeitung unpersönlich, dann war mir der Tote gerade recht, und ich schrieb:

»Was dieser Raum zusammenhält, das war für mich die ganze Welt.«

Ich schrieb an dich.

Ich druckte meine Liebe zu dir in einen schwarz geränderten Kasten, und die Hinterbliebenen, die keinen Schimmer hatten, lasen meinen Text und sahen ihren Toten plötzlich anders. Jedenfalls stellte ich mir vor, dass sie ihn plötzlich wärmer, inniger sähen, weil er irgendwem so viel bedeutet hatte.

Manchmal habe ich damit die Familien wohl verstört, die nun nicht mehr sicher waren, ob sie nicht einen Schwerenöter, einen Fremdgänger und Verräter zu Grabe trugen. Vielleicht bewunderten sie ihn ja auch plötzlich dafür. Aber jeder Mensch kennt sich selbst gut genug und ist der Erste, der versteht, warum man ihn betrügt.

Ich verlange zu viel. Wahrscheinlich ist deine Lage auch eine Antwort auf mich. Du willst mir fehlen, ich soll verrückt werden, weil ich dich nicht haben kann, und selbst der Arzt fragte mich kürzlich:

»Haben Sie schon einmal all Ihre Phantasie auf den Tod gerichtet?«

Entschuldige. Seither spielte sich mein Leben auf einer anderen Farbskala ab.

Ich muss eine Antwort wissen. Doch war ich in unserer Beziehung immer die Frage. Auf alles solltest du antworten, nichts durfte ohne deine Antwort bleiben.

Du Armer, ich Arme. Mein Leben hätte so leicht sein können – wäre bloß die Liebe nicht gewesen, die schwächt und verwüstet. Heute kenne ich kaum noch den Unterschied zwischen der Liebe und dem Liebeskummer.

Ich habe dir nichts zu sagen, denkst du, oder immer dasselbe. Doch du bist geduldig, du lässt die Schwestern die Kassetten einlegen, wieder und wieder, hörst es dir an, nicht wahr, es macht nichts, dass du es kennst, nicht wahr? Es sickert in dich ein. Es sprengt dir das Herz, langsam wie das Wasser, das in den Stein dringt.

Komm! Sieh mich an! Drück meine Hand. Ich kann nicht mehr. Lass. Wenn ich weine, dann auch um mich. Lass.

Nach sechs Monaten im Zwischenreich, was weißt du wohl selbst aus dieser Zeit? Die Infektion flammte so rasch auf, wie man ein Streichholz anzündet. Die Reise ins Koma aber bist du ganz langsam angetreten. Ich konnte sehen, wie sich dein Bewusstsein in Zeitlupe abwandte, in die Ferne blickte und über die Hügellinien davonzog.

Allmählich bist du in deinen Schatten hinein gewichen, zurück, zurück. Ich erinnere mich an deine Worte: Wenn ich krank werde, sagtest du, möchte ich mit dir krank werden. Wenn ich sterbe, fragtest du, möchtest du mit mir sterben?

Und in meinem Kopf ratterten die Schlussfolgerungen: Wenn du das Leben liebst, liebst du dich selbst dann mehr? Wenn du dich mehr liebst, bist du dann nicht schon jenseits der Liebe, jedenfalls wenn sie grenzenlos sein soll?

Was tue ich uns hier nur an? Ich muss alles sagen. Aber alles sagen kränkt dich und mich und die Liebe. Ich muss dir in Worten kommen, die sich nur einstellen, wenn man fühlt. Sie sind mir peinlich. Wo ist jetzt mein Pragmatismus, wo das Mädchen, das ich war, und in diesen ganzen Schwulst hinein höre ich dich noch mit meiner Stimme sagen:

»Aber Valerie, hast du denn keine Angst, dass uns genau diese Worte über die Gefühle hinaustreiben könnten?«

Mein einzig Wahrer! Lass gut sein. Ich stecke dich an, ich hole dich auf die Welt zurück, auf unsere, und diese Welt war immer voller Trennungen. Und immer hast du Hindernisse produziert: Streiks, Herpes, Bombenalarm oder Bürgerkriege. Immer standest du irgendwo auf der Welt, hast die Achseln gezuckt und gesagt: Leider. Leider kann ich nicht bei dir sein. Leider geht kein Flugzeug mehr. Leider werde ich es nicht rechtzeitig schaffen. Leider: Nicht ich.

Ein einziges »leider«, und es ist wie in einem dieser europäischen Märchen: Jemand kommt nachts ins Haus, hält die Uhren an, isst die Teller leer, löscht alle

Kerzen. Die Zeit steht, und mittendrin hat sich alles verändert. Sogar die Luft hat die Farbe gewechselt.

Und ich habe mich revanchiert, auch aus Selbstachtung: Leider werde ich drei Tage länger weg bleiben müssen. Leider lässt man mich hier noch nicht gehen. Leider wird es diesmal nichts.

Als ich zum dritten Mal aus Tokio zu dir kam, habe ich eine Nacht gleich hier draußen im Flughafenhotel Schwechat verbracht, jetzt kann ich es ja sagen, nur um dich warten zu lassen, um dein Verlangen zu enttäuschen. Bittersüß: Eine Nacht vor dem Fernseher, und ich hätte sie in deinen Armen verbringen können! Der Portier war ein Schmutzfink, der nach 22 Uhr mit der Flasche vor meiner Tür erschien, und viel, sagte er, viel verstünde er von den einsamen Frauen. Heute darfst du es wissen. Ich habe ihm nicht einmal geantwortet.

Und jetzt? Siehst du mich wieder aus der Ferne an? Lässt du mich vor deinen Augen verzweifeln, damit du mich besser fühlen kannst? Auch das wie im Märchen: »Damit ich dich besser fühlen kann.«

Wenn man so oft »leider« gesagt hat, wenn man so lange so weit entfernt voneinander lebte, was ist man dann, ein Paar? Ein Doppel-Du? Glaubst du, wir haben nur überlebt, weil wir die Bühne der Sehnsucht so geschickt bespielten? In dem Stück kennen wir jeden Fingersatz. Glaubst du, die Ferne ist unser Element? Glaubst du, aus der Nähe können wir uns nicht richtig fühlen? Ach, dann erleben wir ja gerade die Vollendung der Liebe.

Siehst du, ich halte dir einen Monolog. Im Leben hättest du das meine »Waschweiberei« genannt. Im Leben halten nur Debile, Vorgesetzte und Schauspieler Monologe – und wir, wir zu zweit, als Pas de deux, dasselbe sagend, fürchtend, wollend. Den Verstand ermüden sie, aber die Gefühle lieben die Wiederholung, und ich habe eine ganze Kindheit lang Zeit gehabt, hart zu werden und mich nach dem warmen Überschwang zu sehnen.

Ich reihe Ausdrücke wie »von Herzen«, »von ganzem Herzen«, »aus tiefstem Herzen« – als könntest du sonst unwahr finden, was wahr ist. Aber ich muss dich aufwecken, jedes einzelne Gefühl in dir, jede Stimme, das ganze Orchester, und ich habe doch nur mich: Deine Valerie oder wie ich früher unterschrieb: deine deine.

Ich war bei meinen Männern. Es fällt mir schwer, mich in ihnen zu erkennen, denn ich weiß nicht einmal mehr genau, wer ich damals war. Aufgedeckt habe ich sie wie Patiencekarten. Im Grunde fühlte ich mich stillgelegt und kann mich auch nicht erinnern, mit einem dieser Männer je eine Überraschung erlebt zu haben. Überzeugt haben sie mich nicht, aber damals habe ich mir eingeredet, so ein etwas sachlicheres Verhältnis zum Gefühl sei ganz erwachsen.

Außerdem machten sie das Leben leichter planbar. Wollten sie mich ins Bett kriegen, haben sie das rechtzeitig angekündigt. Ich bin nie überrumpelt, nie eingeschüchtert worden und war damit ganz zufrieden. Sie sollten mich mit der Liebe in Ruhe lassen, vielleicht war es das. Und sie sollten mir nicht fehlen, das auch, aber sie sollten da sein, wenn ich einen Paravent vor meine Einsamkeit schieben wollte.

Das ging so weiter. An meinen Männern stimmte immer etwas, nie das Ganze. Einmal bin ich auf so einen Typen geflogen in dem grün schillernden Jackett eines Ballroom-Eintänzers. Um ihn herum war alles so unbeschwert, und geliebt hat er mich wie ein Animateur. Er konnte sich in sein Wohnzimmer stellen und das »American Songbook« runtersingen. Herzzerreißend war seine Ambition, nicht seine Stimme.

Aber Vorsicht: Besonders schmerzhaft sind tiefe Erfahrungen mit flachen Menschen. Die Oberflächlichen haben nichts, wo du alles hast. Sie lassen dich leiden, sie können nichts dafür. Ihre Oberfläche darf man lieben, aber nie weiter gehen.

Danach kam einer mit beginnender Bitterkeit: Jarvis. Der hatte wieder etwas Tragisches. Aber was ich anfänglich für Mitleid gegenüber der ganzen Welt hielt, stellte sich schließlich als narzisstische Kränkung heraus. Er machte eine Allianz der Erniedrigten und Beleidigten aus unserem Verhältnis, und statt »Ich liebe dich« hätte er eigentlich sagen müssen: »Ich bin bereit, dich in deiner Selbstverachtung zu unterstützen.«

Eine Zeit lang wächst man an dieser Haltung, doch kaum ist sie erstarrt, wird sie Attitüde und wirkt nicht minder oberflächlich. So hing ich lange ratlos an ihm, und weil ich es nicht besser wusste, hielt ich diese Ratlosigkeit für Liebe.

Doch eines Tages sitze ich in Tokio mit einem etwa fünfzigjährigen englischen Galeristen und seiner Frau beim Essen. Verlässt er nur einen Augenblick den Tisch, sagt sie: »Wissen Sie, was das Schöne an ihm ist...?«, und sie erzählt irgendeine simple Episode aus dem gemeinsamen Leben.

Geht sie auf die Toilette, sagt er sofort:

»Was ich so tief an ihr schätze, ist…«

Das Gleiche.

»Wie lange kennen Sie Ihre Frau?«, frage ich ihn, und er zitiert einen Satz, den ich schon einmal gelesen hatte: »Lange genug, um jedes Haar auf ihrem Kopf zu lieben.«

Da habe ich mich, als ich zwei Wochen später nach Wien zurückkehrte, von meinem Jarvis getrennt. Es kann dramatisch sein, einen Menschen zu treffen, der wirklich liebt.

Und Jarvis? Er hielt mir eine lange pathetische Rede, erst bittend, dann drohend, und am Ende blieb nichts als der Amoklauf der Eitelkeit, als er brüllte, es war schön grotesk: »Es ist aus! Dein Tod wird mich nicht davon abhalten, jetzt ins Kino zu gehen.«

Er musste den Schritt einfach selbst getan haben. Ich brauchte nur noch aufzustehen und zu gehen.

Zwei Jahre später war er verheiratet und Vater einer kleinen Tochter, die schon das Gesicht einer Hausfrau hatte und von ihm auf den Namen »Sahara« getauft wurde.

Es folgte eine haltlose Zeit, keine unglückliche. An einem Abend spricht mich ein Mann in einem Lokal an, Kaspar hieß er, ein Bonvivant:

»Ich bin nicht der Typ, der eine Frau anspricht, mit ihr ausgeht, sie zum Essen ausführt und sie dann ins Bett kriegen will«, sagte er. »Ich geh gleich mit ihr ins Bett.«

Damals erschien mir das kühn!

Und deshalb ist es dann auch genau so passiert, wie

er gesagt hatte. Aber ich kann dir sagen: Er hatte einen Körper, dass sich seine Kleider vor ihm ekelten.

»Wer nie bei Huren war, wird die Frauen nie verstehen«, sagte er gern.

Er verstand sie trotzdem nicht. Als ich ihm sagte, ich wohne in Tokio, war ich ihn sofort los.

Dein Vorgänger war da anders, eher wie ein Liebestourist und – richtig! – verheiratet. Er führte eine Klinik für Haartransplantationen am Tegernsee. Du hättest sie ihm nicht angesehen.

Er hat den Männern die Haare aus dem Nacken in die Geheimratsecken transportiert, hat ihnen die Barthaare vom Kinn auf den Kopf gepflanzt, einmal hat er einem Mann sogar die Achselhaare auf die Fontanelle gepflanzt: Das hat dem nicht mal was ausgemacht. Er trage doch sowieso sein Haarteil drüber. Das implantierte Haar wolle er nur für sich, damit er abends darüber streichen könne.

Ich glaube, meinen Freund musste man nicht mal dazu überreden, diese Operation durchzuführen. Er fand sie wohl selbstironisch. Jetzt rennt der Patient mit seinem Achselhaar auf dem Kopf durch die Welt und schwitzt von oben. Im Vergleich dazu waren meine Liebhaber geradezu intakt.

Henry hieß mein Freund, und so war er auch. Ich hab ihn an der Tafel eines kunstsinnigen japanischen Konzernchefs für Keramikleiter kennen gelernt, wo er meinen Tischherrn gab. Wahrscheinlich hatte er ein paar Skalps an dieser Tafel zu verantworten. Du wärest noch vor dem Dessert gegangen. Ich kenne dich.

Eigentlich erinnere ich mich nicht gut daran, wie das

damals losging mit Henry. Aber ich weiß noch, wie er mir an der Tür den Mantel über den Arm legte und sagte:

»Heute werde ich von Ihnen träumen.«

Sprach's, küsste und verschwand.

Eine Woche drauf liege ich in seinem Bett und sehe mir seine Hände an. Richtige Matrosenhände waren das, mit blonden Haaren noch auf dem zweiten Fingerglied und einem Geruch nach Katzenstreu. Mir hat das nichts ausgemacht.

Du machst dir keine Vorstellung von diesen Jahren. Sie gingen ins Land und fühlten sich genau richtig an, so, dass man später einmal den Kopf über sie schütteln kann. Die unernsten, die unverantwortlichen Jahre. Sie passten zu diesem wurzellosen Leben zwischen Japan und Europa.

Mein Verhältnis zu Henry nannte ich Liebe, sie fühlte sich an wie eine schwache Lebensmittelvergiftung, wie dreißig Mon Chéri. Aber nicht die Liebe selbst machte mir Angst, eher das Gefühl, ihrer Verwaltung nicht gerecht zu werden. Doch Henry war ein herrlicher Pragmatiker, pragmatisch verheiratet und im Bett ein Handwerker.

Einmal fragte ich ihn, ob es leicht sei, eine Frau zu lieben und mit einer anderen verheiratet zu sein.

»Warum nicht,« antwortete er, »die Liebesheirat ist doch bloß eine Erfindung des 19. Jahrhunderts.«

Ich dachte, ich könne damit leben. Aber da neigten sich meine leichten Jahre schon ihrem Ende entgegen. Eines Nachts habe ich mich ernsthaft hinreißen lassen, in den schwachen Minuten der Erschöpfung nach dem Sex zu fragen:

»Liebst du mich?«

Und er antwortet allen Ernstes:

»Mehr ja als nein.«

So war er, und so war ich. Ich glaube, er wollte mich zur Freundin haben, um angeben zu können, zuallererst vor sich selbst.

Aber es reicht nicht, sich jahrelang über die Männer zu beschweren. Irgendwann muss man beginnen, sie richtig zu benutzen, zur Selbstauskunft. Und so erkannte ich mich endlich selbst in den Männern, die an mir hängen blieben.

Gerne liebte ich damals die Verheirateten. Sie haben das Romantische in groben Zügen schon hinter sich und bewegen sich notgedrungen in einem kleineren Radius. Außerdem war ich bei ihnen wenigstens sicher, dass sie nicht noch eine Geliebte hatten. Die Liebe macht einfach jedem mehr Spaß als die Ehe.

Ich hatte bis dahin vor allem in losen Verhältnissen gelebt und in festen Klischees: Nach einem fetten Essen wirft sich der Mann auf die nackte Frau und bedient sich, ehe sie weiß, wie ihr geschieht. Während es geschieht, überlegt sie, ob sie ihn mögen soll.

Solche Verhältnisse verpflichten weniger, lassen aber Spielraum. Im Rückblick glaube ich, am meisten habe ich diesen Spielraum geliebt. Nicht passend zu leben. Wenn man selbst nicht weiß, wer man ist, noch es wissen will, dann lebt man besser provisorisch.

Und was die Männer angeht, so habe ich offenbar ein Geheimnis in meinem Körper. Jedenfalls gaben sie mir immer das Gefühl, als müssten sie mit mir schlafen, um dieses Geheimnis zu lüften. Zuletzt habe ich sie nur noch von hinten gelassen, damit sie mir dabei wenigstens nicht ins Gesicht sahen.

Heute kann ich sagen: In diesen Jahren kultivierte ich dein späteres Hoheitsgebiet, den Herzhohlraum mit allem, was nicht passte, meine kostbare kleine Nicht-Identität.

Wenn mir ein Mann näher kam und etwas fremd an ihm war – was war ich froh, zu wissen, es passt nicht. Es sollte ja nicht passen, und genau darauf konnte man sich bei deinem Vorgänger wirklich verlassen.

Du hättest ihn reden hören sollen: Stellte er sich vor, sagte er entweder »Schaubs Henry« oder förmlicher: »Henry Schaub, meines Zeichens Schönheitschirurg.« Kam Besuch, sagte er erst »Hängt euch auf«, dann »Folgt mir unauffällig«. Ich konnte Wort für Wort mitsprechen, jedes kleine Gefühl hat er mit Sprühsahne dekoriert.

Mochte er einen Film nicht, nannte er ihn »nicht so prickelnd«, fand er ihn unverständlich, war er in seinen Augen »gewöhnungsbedürftig«. Hatte er sich Stunden mit seinem Aston Martin beschäftigt, sagte er gern, »ich bin mal wieder mechanikermäßig unterwegs« und »artet ja fast in Arbeit aus«. Traf er in einem ausländischen Hotel zwei Bayern, sagte er unweigerlich: »Das Hotel ist ja mal wieder fest in deutscher Hand«, waren sie nett, hatten sie »hohe Sympathiewerte« und so weiter.

Ich fürchte, du hast in deinem Leben keinen einzigen dieser Ausdrücke je verwendet. Aber mich hat es damals nicht einmal abgestoßen, bloß amüsiert, ihn so reden zu hören. Er nahm einfach die Wucht aus allem.

Stell dir vor, er hatte sogar seinen ... Schwanz mehrmals als »Tauchsieder« bezeichnet, und ich hab es ihm durchgehen lassen, so erleichtert war ich, nicht mit ihm identisch zu sein. Wahrscheinlich hatte ich bloß Angst vor der Liebe.

Das Vögeln war eine Sache, bei der ich mir immer wieder Mühe geben musste, sie gut zu machen. Denn, ist man nicht gut im Bett, sind Männer hinterher unleidlich, kritteln an allem herum, wollen telefonieren oder etwas im Internet nachsehen und bringen es fertig, sich nie wieder zu melden, so tief sitzt die Erinnerung an dieses schlechte Vögeln, das sie nun mal nicht leiden können. Weißt du, es ist diese Instant-Sex-Mentalität, von der ich selbst allmählich immer mehr angenommen habe. Was erwartest du, bei diesem Personal!

Erschreckt dich das? Man kann ganz gut emotional anspruchslos leben. Es war eine Erleichterung. Ich biss mich durch in Tokio, stoisch, aber wenn ich nach Wien kam, nahm ich gleich die ganze Bequemlichkeit dieses simplen, innerlich unaufwendigen Lebens an.

Auch unsere Nächte hätte er eigentlich »suboptimal« nennen müssen. Zwar war er gut in allem, aber küssen konnte er nicht. Sein Mund taugte nicht, er war nicht verschwenderisch, und so konnte er es auch nicht sein. Aber Männer merken es selten, wenn man sie ausweichend küsst oder halbherzig. Er jedenfalls fand mich »kolossal oral«.

Dann hab ich ihn eines Tages dabei beobachtet, wie er Eiskunstläuferinnen im Fernsehen zuschaute. Er interessierte sich nur für ihre Stürze.

Und stell dir vor, eines Tages sagt seine Sekretärin

großherzig – ich hatte sie vielleicht zweimal flüchtig getroffen und unsympathisch gefunden –, sie möchte, dass wir gute Freunde werden.

»Ich brauche keine guten Freunde«, habe ich mich getraut zu sagen, »nur beste Freunde.«

Seitdem meinte sie, »der Dokter« und ich, wir passten nicht zusammen.

Ein einziges Mal bloß habe ich ihn nach seiner Frau gefragt, denn sie interessierte mich wirklich noch weniger als er. Da hat er mal ganz originell geantwortet:

»Ein Florentinerhut ist eine schöne Sache, aber nicht auf mir. So ähnlich verhält es sich mit meiner Frau. Willst du ein Foto von ihr sehen?«

»Nein.«

»Sie hat rote Haare.«

»Sowas hab ich schon mal gesehen.«

Trotzdem: Nach einem Jahr als Geliebte kennst du die Rituale und fragst dich, ob es dabei bleiben soll.

In dieser Zeit hat dann Jarvis noch mal angerufen und war überdeutlich. Wie alle verlassenen Männer hatte er den einen banalen Wunsch: Noch einmal miteinander schlafen, noch einmal. Vermutlich hatten sich seine Phantasien über unsere Vergangenheit erschöpft.

Das war kindlich, aber er gehörte in guten Stunden zu den wenigen, die von dem Leben wenigstens fasziniert sind, das sie verdrängen. Das rührte mich.

Ich dachte an den Widerwillen, den mir sein Körper verursacht hatte, sagte aber zu. Noch in derselben Nacht bin ich mit einem Kopfsprung in seine hysterische Umarmung gesprungen und habe ihn machen lassen. Aber es war nicht gut. Er spielte die Besinnungslosigkeit nach, die er im Film gesehen hatte, zu schnell, zugleich zu sparsam.

Als ich dann seinen Schwanz in den Mund nahm, um es hinter mich zu bringen, muss er selbst gefühlt haben, wie viel Überwindung mich das kostete. Das erregte ihn nicht nur, es war schlicht zu viel für ihn.

Danach wurde er wieder so furchtbar dankbar. Ich hasse sie, diese Dankbarkeit der Männer nach dem Sex. Er wischte sich da unten mit der Bettdecke sauber, legte mir die flache Hand auf die Scham und sagte ihn, den unmöglichen Satz, ja, er brachte ihn hervor wie ein großes schweres Geständnis:

»Ich brauche dich.«

»Dann liebst du mich nicht«, sagte ich.

»Aber ich sage doch, dass ich dich brauche«, erwiderte er und fuhr seine Tentakel aus, um mich in diese Lebensumstände, die wir mal kurz geteilt hatten, zurück zu holen.

Ich aber dachte: Ich liebe Henry, und sei es auch nur, weil ich gerade niemanden mehr liebe als ihn, und kehrte zurück zu ihm, der keinen Schimmer von alldem hatte.

Und zwei Tage später sitzt er im Unterhemd auf der Kante eines Hotelbetts und klopft mit der Hand neben sich, ich soll kommen. Obszön. Es gibt Männer, die ermutigen dich zum Sex in einer Tonlage, in der einen die Mütter früher zum Essen aufforderten. Sie sind in allem wie Mütter: Mir ist kalt, sagen sie, also zieh dir was an!

Schmerzt dich das?

Also zurück in die Routine: Einmal wöchentlich ein gestohlener Abend, dann und wann eine heimliche

Fachtagung mit gutem Abendessen in Gasthöfen außerhalb. Du weißt schon: Hotelzimmer mit Bauernschränken, getönte Spiegel im Aufzug, Trockenblumensträuße in Bodenvasen. Dazu die Kollegen, ähnlich meinen Verflossenen: Man sieht sie bei lebendigem Leibe nichtsein.

Nein, ich durfte nicht hinsehen. Ich war nicht unglücklich, trotzdem verpasste ich mein Glück täglich. Auch durfte ich nicht ergründen, wie wenig ich fühlte.

Doch eines Tages wache ich auf und denke, um Himmels Willen, noch ein paar Wochen mehr, und ich ende mit demselben Typ Mann wie meine Deutschlehrerin. Männer: Sie kommen in der Form, in der sie fehlen, sie gehen in der Form, in der man ihrer überdrüssig ist, und gleichen sich kaum noch selbst.

Ich hab sie trotzdem am besten so aushalten können, diese lieblose Liebe, und manchmal, wenn Henry auf dem Höhepunkt seiner Geilheit in mein Ohr flüsterte, wurde mir schlagartig bewusst, dass ich nicht bei der Sache gewesen war, und auf dem Höhepunkt meiner Lust eine Seelandschaft gesehen hatte, ein paar Pfandflaschen, eine halbe Ananas auf einem Teller, eine Handvoll Knöpfe.

Nein, solche Männer suchen keine Wirklichkeit und sie schaffen keine, sie sind keine Geliebten, eher User, dabei ganz treuherzig und nett. Ich kann dir nicht sagen, was er anderes von mir gewollt hätte, als schwer atmend seine Eigenliebe zu genießen.

Doch was bleibt denn überhaupt von der Liebe, zieht man die Eigenliebe ab? Ich weiß ja nicht einmal, was er in mir sah, und wahrscheinlich habe ich in seinem Leben auch keinen Eindruck hinterlassen, bloß eine Kerbe. Ich hätte mich immer wieder auf die eine oder andere Weise verkaufen können. Aber verschenken? Ich kann mich jedenfalls nicht erinnern, sein frisch rasiertes Gesicht bei unserer Trennung auch nur besorgt gesehen zu haben.

Männer waren meine Antidepressiva, und auch die lieblose Liebe ist ja am Anfang ganz Bewegung. Sie macht glücklich und leichtsinnig und manchmal schwerelos. Bloß ein Jahr später schien alles geronnen, und was das Schlimmste war: ich mit.

Allmählich passte ich immer besser in dieses Leben, und das hat mich nicht einmal beunruhigt. Eine Kapitulation auf Raten. Damals hatte ich keine Zeit und keinen Sinn für die Webfehler in den Beziehungen, und so habe ich mir nicht einmal die Frage gestellt, was diese Männer über mich aussagen. Denn interessiert habe ich mich damals für sie so wenig wie für mich selbst.

Du denkst, das ist souverän und davon zu reden, das genießt man? Du denkst, es macht froh, so wie ich hier über dem eigenen Bild zu hängen, zu deuten und zu deuten? Nein, es tönt wie aus einer anderen Welt. Etwas Panisches liegt in der Liebe. Jetzt weiß ich es. Sieh dir ein Tier an, bevor es stirbt, es ist genauso.

Damals sah ich meinen Männern ins Gesicht und fühlte mich wie ein Kind des kommenden Jahrhunderts bei dem Gedanken: Ich nehme die Liebe nicht ernst, ich brauche sie nicht. Heute graut mir vor der Vorstellung, ich könnte je wieder so ohne Ehrgeiz leben wollen.

Übrigens habe ich in all der Zeit funktioniert, war mehr in Wien als in Tokio, habe für »Musashi and Partners« im »Dorotheum« Keramik ersteigert, aber auch

Inros und Netsukes, und auch mit den hiesigen Galerien kamen immer wieder Verkäufe zustande. Morita war ein verlässlicher Partner. Ob er mich je mit anderen Augen gesehen hat, weiß ich nicht. Jedenfalls hat ihn nicht einmal das gemeinsame Studium von Erotika verleitet, zweideutig zu reden. So blieben meine Liebschaften europäisch.

Und unerfüllt.

Je öfter man geliebt hat – ob eingebildet oder nicht –, desto schwieriger wird es, die Liebe an einen Ort zu treiben, an dem sie noch nie war. Doch da will sie hin.

Ich glaube, die Liebe lebt im Liebenden manchmal lange ohne Gegenüber, stumm und körperlos, als Idol. So stellte ich mir dich vor als einen Niemand für mich, als Spiegelung in einer Schaufensterscheibe, als winterliche Silhouette, konturlos, ausgebleicht oder in der Masse aufgelöst.

Und dann kommt jemand mit der fatalen Wirkung, dieses Gespenst zu wecken, und was erst luftig und schwankend war, wird langsam zur Fixierung, zu einer Form von Fanatismus.

So bist du in mein Leben gekommen und hast mich ausgewildert. Es begann mit der Tyrannei dieses einen Gefühls, dieses Romans von immer gewaltigeren Ausmaßen: nur du. Für immer. Bis der Tod uns scheidet.

Das kennt keine Grenze und türmt sich immer höher. So hat er sich vollzogen, mein Eintritt in die paranormale, in die esoterische Welt des großen Gefühls. Alles Schwulst und Übertreibung. Bis dass der Tod uns scheidet eben.

Erst habe ich dir Unrecht getan und dich verstanden,

wie ich alle verstanden hatte: Er braucht die Liebe als Gegenwelt zu seiner Arbeit, dachte ich, und umgekehrt. Er braucht die Liebe als Therapeutikum. Erst als ich dich erkannt hatte, fragte ich: Aber braucht er mich?

Statt einer Antwort suchte ich eine Möglichkeit, all dieses widersprüchliche Fühlen zurückzudrängen, um dann zu erkunden, was eine Zwangsvorstellung an ihr ist: Diese Lust auf die Abhängigkeit, diese Bereitwilligkeit, sich an die Welt zu hängen, indem man immerzu in Sorge lebt, diese Liebe zur Liebe, bevor sie begonnen hat.

Man will glücklich werden durch den Eintritt in die Welt glücklicher Bilder, man will sich anstecken an Ursituationen: Das Paar, das am Fluss entlang geht, Hand in Hand, Mann und Frau, die am Strand aufeinander zu laufen, zwei Liebende, die rücklings ins Heu fallen, zwei, die sich unter einen Mantel ducken, als der Regen einsetzt. Bilder aus der Werbung, aus Filmen, Bilder aus der Höhlenmalerei des Unterbewussten.

Weißt du, woran ich merkte, dass ich verliebt war? Jeden Impuls, etwas zu tun, habe ich geprüft, jede Handlung musste erst durch die Selbstkontrolle: Wie lebendig darf ich sein, fragte ich, wie viel Bewegung gestehst du mir zu, darf ich mein eigenes Selbst sein oder willst du, dass ich Haus, Auto, Bademantel bin?

Anders gefragt: Wie wirklich darf diese Liebe werden?

Und bevor wir noch zusammen waren, irrte ich schon in unserer Geschichte herum und fand sie unübersichtlich. Auch die Liebe ist ein Ort. Man fällt in Liebe, heißt es im Englischen. Anschließend kann man sich verlaufen. Auch die Liebe hat ihre Sehenswürdigkeiten und ihr Industriegebiet. Wenn sie ihre Wirklichkeit sucht, muss meistens der Sex herhalten. Doch der war für mich bis dahin ein eher ausgelagertes Phänomen.

Du bist andere Wege gegangen. Wolltest dich im Seelischen breit machen, legtest den Kopf in den Nacken, sahst zu mir auf und liebtest los. Jedenfalls klang es so.

Koketterie, dachte ich. Geständnisse aus Koketterie braucht nur, wer nicht liebt. Ich weiß doch, dass du dich irrst, wenn du sagst, dass du mich liebst. Ich weiß, dass ich nicht liebenswert bin. Niemand ist es, der sich kennt. Ich weiß also, dass deine Liebe ein Irrtum ist.

Sag nicht, der Gedanke ist dir nicht auch schon gekommen, und sei es, in jener unseligen Szene im Flugzeug, über die wir nie geredet und an die wir beide so oft gedacht haben, ich weiß es.

Ich dachte, hilf mir, nicht ich zu sein, und du wirst mich bekommen.

Aber du ignorierst das, du liebst. Du übergießt mich mit Möglichkeiten, machst mich hilflos vor mir selbst, bis ich glaube, ich kann nicht sein, was ich für uns sein müsste.

Liebe muss glauben, ahnen, tasten, irren, sie darf bloß nicht wissen, sonst fällt sie in sich zusammen. Der unerschöpfliche Akt des Liebens kennt nur eine Maxime: Verwandele auch du mich in etwas Unerschöpfliches!

Ich wollte dich nicht vollkommen. Was hätte ich sonst noch an dir zu erschaffen gehabt? So ein großes Gefühl will malen. Man muss ihm etwas geben, das es vervollkommnen kann. Deshalb lieben die raffiniertesten Frauen unansehnliche Männer...

Sei ohne Sorge: Bei mir bist du schön.

Aber was ist mit dem Geist eines Paares? Wo entsteht er? Was wird aus ihm? Wenn der Glasbläser von Murano mit seinem Atem eine Vase bläst, was wird aus dem Atem, der die Form treibt? Ist er noch in der Form?

Du hast mich beatmet, bevor ich es merkte. Noch heute trage ich die Wölbung, die mir von deinem Atem gegeben wurde. Glaubst du vielleicht, ich will allein bleiben in dieser Form? Werde ich durch dich verurteilt, diese große Erfindung des 20. Jahrhunderts zu verkörpern, den Single?

Du beleidigst meine Eigenständigkeit. Du bist in mein Leben gekommen, und gleich fühlte ich dich wie einen Parasiten meines Systems und hatte Angst vor der Verwandlung, weniger in deine Frau und Geliebte, als vielmehr in irgendwen.

Denn sieh mal hinaus, und es bleibt ein Rätsel: Warum konnte die Liebe zwischen allen Menschen identisch werden? Warum haben sich alle auf diese eine Liebe geeinigt? Auf Geilheit und Ablenkung.

Ist sie so riskant, dass man sie vielleicht in etwas verwandeln musste, das nicht sie war, sondern Markt, Konvention und Amüsement? Musste die Liebe so werden, damit man besser mit ihr rechnen konnte? So zuverlässig, so ordentlich? Musste man die Liebe als eine Gegenwelt zur Arbeit aufbauen, damit die Arbeit sauberer und effektiver wurde und in der Liebe die Bilder des glücklichen Lebens geparkt werden konnten?

Hat denn die Liebe nichts mehr von ihrem Wahnsinn,

ihrem Urfeuer, von Raserei und Entgrenzung? Gar nichts mehr?

In einer Nacht in Tokio habe ich einmal eine Stunde mit einem Deutschen in einem U-Bahnhof gesessen. Eine Bahn nach der anderen hat er wieder losfahren lassen, weil er nicht aufhören konnte, mir von seiner Liebe zu einer Japanerin zu erzählen, einer Frau, die ihn »duldete«, wie er sich ausdrückte, die also vielleicht nur höflich war ihm gegenüber.

Er dagegen verfolgte ihre Arbeitswege, sammelte ihren Abfall, traf sich mit ihren alten Schulfreundinnen. Durch die weichen Zonen ihrer Vergangenheit drang er in ihr Leben ein und machte sich breit. Wer weiß, wie viel sie überhaupt davon erfuhr. Er besuchte die Straße, in der sie geboren war, studierte ihre Kinderfotos, schritt ihren Schulweg ab. Er war Eroberer, aber was er einnahm, war kein Mensch, sondern ein Lebensraum.

Dafür gab er sich auf und schien zugleich vollständig erfüllt. Was war das? Eine Zwangsvorstellung? Eine Neurose? Warum haben wir nur psychopathologische Vokabeln dafür? Vielleicht hatte er mit seinem Leben abgeschlossen, vielleicht legte er zumindest auf sich selbst keinen besonderen Wert mehr, und trotzdem sprang er schließlich in die Bahn und rief mir nach:

»Willst du ficken? Schnell ficken?«, und dabei leckte er sich die Lippen auf diese ordinäre, theatralische Art, wie Huren es in schlechten Filmen tun. Eine Antwort gab ich nicht, muss aber entsetzt ausgesehen haben. Da steckte er den Kopf noch einmal heraus und schrie, nein, jauchzte:

»Ich bin das Persönlichste, das es auf der Welt geben kann!«

Und raste davon. Ein Liebender? Ein Irrer? So lange er von seiner Liebe sprach, hatte ich nichts Abweichendes an ihm entdecken können.

Im Vergleich zu ihm habe ich wohl immer zu vernünftig gelebt oder zumindest habe ich nicht daran geglaubt, dass man den inneren Menschen als ein Werk behandeln soll, das es zu formen und umzuformen gilt.

Ich werde sie nicht über einen Kamm scheren, die Männer vor dir, aber eines hat sie verbunden: Die Intelligenz ihres Berufs unterhielt keine Verbindung zur Intelligenz ihres Liebeslebens. Je härter ihnen ihre Arbeit wurde, desto anspruchsloser liebten sie. Niemals hätten sie der Liebe so viel gegeben wie der Arbeit, und so konnte von ihrem Fühlen nichts angespült werden als eine Ansammlung von Stereotypen.

Henry hat mich einmal sogar frech mit nach Hause genommen, wo ich mit ihm und seiner ehemaligen Jugendliebe, dann Gattin, zu Abend aß. Er war mir ziemlich gleichgültig, aber ich wollte die Kulisse kennen lernen, in der er lebte.

Er hatte diese Frau, die seit dreißig Jahren im Schatten ihrer Brüste lebte. In den siebziger Jahren war sie ein Piz Buin-Modell gewesen. Das hatte ihr den Charakter verdorben. Übrig blieb die große Floskel Liebe, mit all ihren Metastasen in jedem Lebensbereich. »Schatz« hier, »Schatz« dort, »Maus« sogar. Es wäre weniger widerlich gewesen, wenn sich das Gefühl wenigstens ganz aus den Begriffen zurückgezogen hätte. Sie waren aber noch warm, so warm wie Exkremente.

Gemeinplätze sind Ferienorte. Man fährt immer wieder hin, isst dasselbe, redet dasselbe, bringt sich auf den neuesten Stand des Nichts. Willkommen, Gemeinplatz, sagt man, hier fühlte ich mich schon früher sicher. Zwischen »Einbringen« und »Ausliefern«, »Zulassen« und »Loslassen-Können«. So verging der Abend.

Es war alles schon so fertig. Die Ordnung der Verhältnisse, die Ordnung der Gefühle, die Ordnung der Sprache. Offenbar verarbeiten alle den gleichen Bausatz und müssten ehrlicherweise sagen: Ich liebe dich, aber ich interessiere mich nicht für dich. Und während auch mir das wieder und wieder passiert war – was verrät das über mich? –, blickte ich fragend in die Augen von Henry und seiner Frau und dachte, die können das: sich brauchen.

Ich konnte es nicht, und so ist mir heute mein Zustand immer noch ein wenig peinlich. Denn eigentlich habe ich keine Lust, zur Herde der Liebenden zu gehören. Sie sind so berechenbar wie die Jähzornigen oder die Verschwender. Man weiß immer, wie sie reagieren werden, sie folgen ihren Impulsen wie Idealen. Es ist kein männliches Privileg, zu wissen, dass es sich besser von Ideen lebt als von Erregungen.

Doch weißt du, was das Schlimme ist an der Liebe? Du kannst so wunderlich sein wie du willst, sie wird dir immer vorgaukeln, irgendwo sei jemand so passend wunderlich wie du. Die Liebe stellt man sich vor wie einen großen Heiratsvermittler mit dem Jedem-Topf-seinen-Deckel-Bauchladen.

In der Wissenschaft würde man den Fall der eigenen Wunderlichkeit studieren, ein Gesetz anwenden, nachsehen und sagen müssen: »Tut mir Leid, Ihre Anomalie kommt nur ein einziges Mal vor, ein Pendant werden Sie nicht finden.«

In der Welt der Liebe dagegen heißt es: »Sie sind angstbeladen, selbstgenügsam, pragmatisch, sentimental, launisch und unfähig zur Hingabe, Sie pendeln zwischen Wien und Tokio? Da finden wir was!«

So habe ich auch, als ich in diesem Londoner Restaurant auf dich aufmerksam wurde, gleich eine Erwartung an dich geknüpft. Sie richtete sich an dein Gesicht. Ich dachte: Wenn er ist wie sein Gesicht, wenn er etwas vom Charakter seiner Hände hat, dann sollte er nicht allein sitzen.

Aber nicht zufällig hatten wir beide dieses Lokal gewählt, ein Restaurant für solche, die für sich bleiben wollen. Ich sehe noch das Schachbrettmuster der hellen quadratischen Tische, gleichmäßig verteilt über den Raum. Ein Gedeck, eine Vase, ein Gast. Und jeder hatte gewählt, an welcher Seite seines Tisches er sitzen wollte. Manche sah man nur im Profil, manche von hinten. Weil du dich, wenn auch mit Abstand, an einem Tisch mir gegenüber postiert hattest, weiß ich auch, dass du keinen einzigen Blick in deine Kataloge geworfen hast oder was das war. Sie blieben neben deinem Besteck liegen.

Ich geniere mich immer noch.

Dass wir uns musterten, sogar unverwandt die Augen des anderen aushielten, nach einem Schweifen durch den Raum, über die Fensterfront zum Eingang wieder in unserem Blick ankerten, das ist wohl normal in einem solchen Restaurant, in dem die einen auf keinen, die anderen auf jeden Fall angesprochen werden wollen.

Aber dass wir anschließend immer noch wortlos hinaus in den Max-Roach-Park traten, absichtslos gemeinsam, jeder mit einer Zeitung, jeder auf einer Parkbank, und wir beide so taten, als sei diese synchrone Bewegung nicht choreographiert, das war verklemmt. Das ist kein Kerl, habe ich gefolgert.

Und es ist ja auch wahr: Du sahst aus wie ein halb orientalischer Computerfachmann, aber wie einer, der sich in seinen Anzug, so ein spießiges Tweed-Teil, verlaufen hat. Mit solchen Dingen kannte ich mich aus, und ich dachte, das ganze Leben muss falsch sein, wenn es einen in solche Anzüge treibt.

Andererseits gab dir dein Teint so etwas Antiquarisches, Traditionsverhaftetes. Durch deine Erscheinung schimmert immer noch die Galerie der alten Gesichter deiner afghanischen Ahnen. Für ihre Gegenwart sind ja die wenigsten geschaffen. Es gefiel mir also gleich, dich in eine Zeit außerhalb der meinen zu sortieren.

Und dann traust du dich doch und schlenderst rüber mit dieser piekfeinen Allerweltsfrage:

»Why shouldn't we sit together?«

Und ich beweise die ganze Freizügigkeit meiner Hausfrauen-Koketterie und sage:

»Why shouldn't we?«

Und du setzt dich wirklich! Wir nebeneinander also, wie zwei Ladys, die mit abgespreiztem kleinen Finger Englisch sprechen, sich über ihren Akzent erkennen und zum ersten Mal lachen, als sie merken, die gemeinsame Sprache rückt sie einander so nahe, dass es ihnen beiden schlagartig peinlich wird, und trotzdem ist unter den Sätzen der ersten zehn Minuten kein persönlicher, wahrer, direkter, gemeinter. Wir redeten, um es auf Deutsch zu tun und das Reden aufrechtzuhalten.

Woher hast du um Gottes Willen den traurigen Mut genommen, mich anzusprechen? Verkehre ich mit solchen Anzügen? Hattest du denn gar keinen Respekt? Ist dir nicht klar: Du trägst ein paar Jahre eine solche Hose, und ein paar Jahre später hat dein Gesicht diese Hose in sich aufgesogen. Wenn ihr erst zueinander passt, bist du verloren.

Andererseits hat mich dieser Anzug gezwungen, ihn dauernd wegzudenken, mir deine nackte Erscheinung vorzustellen.

Vielleicht war ich verwöhnt, aber früher konnte mich weniges so erotisieren wie teilnahmslose Augen. Du bist zwar zu mir gekommen, aber noch konnte ich nicht erkennen, ob dein Blick um mich warb. Wer steckte dahinter? Ein anderweitig zu Berücksichtigender? Ein Choleriker? Ein großer Impulsiver? Und noch dazu ein deutscher Afghane?

Und »Konversation« zwischen uns war was?

»Wer sind Sie?«, fragtest du.

»Warum fragen Sie?«, erwiderte ich.

Was glaubtest du? Ich eine Geliebte mit Aufstiegschancen, du ein schwer Vermittelbarer, der noch vor zwei Jahren nach Speick-Seife und Sandelholz gerochen hatte? Ich weiß bis heute weder, warum ich mich ansprechen ließ, ja, mich ansprechen lassen wollte, noch, warum ich nach dieser Eröffnung nicht sofort kehrtgemacht habe.

Manchmal beginnt die Liebe einfach mit der Lust auf die Liebe.

Andererseits: Wie viele Familien hat die Liebe ruiniert! Wie viele Lebensläufe haben ihren Knacks bekommen durch die Liebe. Wenn sie so ist, kann ich gut darauf verzichten, das hätte ich wissen sollen.

Und, ich bin nicht sicher, ob ich dir das sagen soll, aber als ich dich da sitzen sah in deinem Kongress-Anzug, erinnertest du mich an einen Mann, den ich Tage vorher in einer Kneipe beobachtet hatte. Seine Freundin muss ihm irgendetwas gestanden haben, vielleicht hatte sie auch Schluss gemacht, jedenfalls wollte er sie offenbar übertreffen und schrie – sie stand schon im Mantel da – mit einem sperrangelweit offenen Gesicht hinter ihr her: »Okay, gut, das war's, danke, verpiss dich«, und dann noch lauter, mit einer höhnischen Handbewegung, »winke winke!«

Erst dieses letzte »winke, winke« tat weh. Mehr als damals Jarvis mit meinem Tod und seinem Kino. Dieser Mann fiel mir ein, und ich dachte, dass die Abstände zwischen den Menschen eigentlich unüberbrückbar sind. Ja, Menschen sind unerreichbar.

Und mühelos habe ich schon eine Woche später Henry angerufen und ihm durch seine Sekretärin ausrichten lassen, dass er mich nicht wieder sehen wird. Sie war sehr zufrieden, aber ich wette, er hat diese Form der Trennung »suboptimal« gefunden. Gemeldet hat er sich jedenfalls nicht mehr, und das ist das Reifste, was ich mit ihm erlebt habe.

Die Katastrophen der Liebe. Fatal, wenn sie ausbleiben. Andererseits haben die besten Geschichten faule Abgänge, oder? Und manchmal auch faule Anfänge.

Als ich erst einmal über deinen Anzug hinweg war, machtest du gleich Boden gut. Dein Gesicht ist so klar, du hattest eine so ruhig insistierende Art, mich anzublicken und nur bei mir zu sein. Deine Fähigkeit, die Welt zurückzudrängen – ich bestaune sie immer noch.

Wer das kann, dachte ich, kann trotzdem innerlich überbevölkert leben, er hat sich bloß erzogen, mit jedem Menschen exklusiv zu sein. Deshalb wollte ich dich erst in mein Leben lassen, nachdem ich mich deiner Einsamkeit vergewissert hatte. Da kommen wir her. Da waren wir.

Und dann passiert etwas Eigentümliches: Wir kennen uns ein paar Tage. Nicht, dass ich verliebt wäre. Eher bist du mir zugelaufen, ich fühle mich begleitet, so in etwa. Doch ganz leise ändert sich die Temperatur der Außenwelt.

Die Verachtung ringsum wird plötzlich lauter, die Verachtung für die Arbeit, den Nächsten, die Sprache, diese Geringschätzung für das, was zwischen Menschen hin und her geht! Und dann du! Nicht an dir, nicht an mir habe ich zuerst gemerkt, was es heißt, liebevoll zu leben. Ich habe es an der Außenwelt gemerkt, an meiner Abwehr, meiner Scham über meinen seeelenvollen Blick. An meiner Erschöpfung habe ich es gemerkt angesichts der ironischen Kultur, die nichts meint und nichts will. Wenn ich je gehungert habe nach dem Ernst des Lebens, dann warst du dieser Ernst des Lebens.

Unsere drei Londoner Tage …

Hörst du, der Regen hat eingesetzt. Moment, ich

muss Licht anmachen. Warte. Lass mich die Fenster aufreißen. Der Wind steht auf dieser Seite. So treibt er mir den Regen ins Gesicht. Das ist gut. Du kannst ihn riechen, nicht wahr, inhalieren! Den Nussgeschmack der staubigen Straße unter dem ersten Regenguss! Du fehlst.

Wo war ich? Unsere drei Londoner Tage haben wir ausgeschnitten aus allen anderen Tagen. Ein Ausnahmezustand mit herabgesetzter Verantwortung für alles andere. Erst anschließend wacht man auf und fragt: Was war das? Ein Halbwachzustand, glückliche Ungewissheit und eine plötzliche Erkenntnis: Wir beide, du und ich, wir müssen beides können, Bekannte und Unbekannte sein. Ich kannte dich immer und fing trotzdem an, dich zu entdecken.

Und als du mich am zweiten Abend beim Herausgehen aus dem Restaurant unterhaktest, da habe ich gehofft, dass du mich gleich, auf der Straße, in der Frische der Nachtluft küssen würdest. Das ist der beste Augenblick, und du hast mich wirklich geküsst nach einer Annäherung in der allerlangsamsten Anfluggeschwindigkeit. Deine Lippen schoben ihre Wärme vor sich her, dann setzten sie auf, mit der Aura zuerst.

Ich schloss die Augen und sah kleine blaue Reiter auf bunten Pferden über eine Hügellinie sprengen, dann ein Kinderkarussell, die aufflammende Neonreklame an einer Hotelfront in Südamerika. Mehrere solcher Bilder.

Dann hast du abgesetzt, aber den Kopf nicht gesenkt und ihn nicht in meine Haare geschoben, sondern ihn in den Himmel gehoben und so laut ausgeatmet, dass es fast ein Stöhnen war.

Und als ich dann, Tage später durch das nächtliche

Wien ging, konnte ich ein Gefühl bis zur Unerträglichkeit in mir steigern, das Gefühl nämlich, dass wir nicht auf Gedeih und Verderb zusammen sind, sondern nur auf Gedeih. Ich ging auf weichem Grund, mit jedem Schritt machte ich mich leicht, damit der Boden nicht nachgebe.

Und ich sah den Menschen dieser Nacht ins Gesicht und fragte heimlich: Wie geben sich die anderen? In welche Form packen sie sich, in welchem Habitus vollziehen sie den Akt des Sich-her-Schenkens? Und wie schön wäre es, könnte man jetzt aufhören, in der ersten Person Singular zu sprechen, und alle diese sinnlosen Worte, die sich Liebende sagen, wären in unserer und in aller Geschichte lauter einzeln treibende, glühend die Nacht erhellende Punkte.

Später hast du behauptet, Liebe auf den ersten Blick sei große Oper, Matchball, »farbexplosive Aura-Verschmelzung«. Ich erinnere mich an nichts in dieser Art.

Aber dein Gesicht sehe ich noch, sogar mich sehe ich noch. Es war vielleicht die kleinste Knospe, aus der je eine Blüte werden sollte, aber eine Knospe. Lange hatte es gebraucht, dann war mit einem Wimpernschlag die Zeit der Menschenleere vorbei.

Das Gewächshaus, nein, die Scherbe auf dem Feld in der Mongolei, der einzelne Lichtstrahl, die Blendung, das war es, der richtige Winkel, der glückliche Augenblick, die Fülle des Lichts in diesem einen Strahl, die Energie, mit der er zu Boden schoss und zurückgeworfen wurde, und doch, mein Gott, ich glaube, am Anfang war ich zu leer, um so zu fühlen! Alle diese Liebhaber hatten sich in meinem Leben zu einem großen Vakuum aufgebläht, diesem Resonanzkörper für jedes meiner Bekenntnisse, und jedes kam mir stereotyp und schal vor.

Du warst nicht besser: Ich war zur Liebe nicht fähig, du hast sie nicht gebraucht. Was für ein Glück!

Trotzdem muss ich dich auf den ersten Blick geliebt haben. Aber es reiste kein Bild von uns beiden auf diesem Blick. Ich habe nur dich gesehen. Nichts strahlte ein. Ich habe die Augen zu dir geöffnet und sah nur dich, meinen Lichtblick.

Der zweite Blick hat viele Monate auf sich warten lassen.

Auch in deinen Augen war die Verliebtheit nicht allein. Sie kam gemischt mit Reue, Scham, Ratlosigkeit, Frömmelei. Manchmal lag in ihnen die ganze Skepsis des Anfangs.

Ein Mann, der nicht gewohnt ist zu fühlen, hält jede starke Regung, von der er nichts versteht, für Liebe. Du warst so vorsichtig, dich nicht auf mich zu verlassen. Du warst so klug, dich nicht einmal auf dich selbst zu verlassen, und so haben wir von Fall zu Fall gelebt, von »blissful moment« zu »blissful moment«.

Deshalb bin ich bei dir lange aus dem Plötzlichen nicht mehr rausgekommen. Es geht mir heute noch so. Immer war alles augenblicklich, alles gleichzeitig, das ganze Du jeden Moment. Aber unsere Momente hatten ein langes Leben. So ist es immer noch. Es kommt und geht, aus Zuständen werden wieder Momente, und umgekehrt, und dann gibt es auch den Moment, in dem ich um deine Gegenwart weiß und sie nicht fühlen kann. Seltsam, als würdest du dauernd neu von mir geschaffen! Sogar jetzt. In dieser Lage.

Es tut mir Leid.

Das habe ich nie sagen wollen.

Wenigstens warst du nie wie der Mann meiner Deutschlehrerin.

Auch gab es keine Heimlichtuereien, keine Trockenblumen, keine Rituale. Die Sequenz der Momente, das waren lauter einzelne seismische Stöße, und unter ihnen hob sich für uns die Welt. Weit konnten wir von dort aus blicken, und wohin richteten wir unsere Augen? Wie alle Paare der Zukunft zu.

Brach ich mutwillig alle diese Zustände in Stücke und deklarierte ich sie zur Affäre, dann reihtest du sie wieder aneinander wie die Töne einer Melodie. Die ist auch immer mehr als die Summe ihrer Teile.

Heute weiß ich: Du dachtest, Frauen mögen Minnedienste, sie mögen die Idee des Paars in der Entstehung, und sie sehen die Romanze gerne auf großer Bühne.

Was dir in Wirklichkeit aber noch besser gelingt als die Erweckung, ist die Stilllegung des Bewusstseins. Du versetzt deine Geliebten in einen Zustand, in dem sie plötzlich meinen, sie hätten die schlimmsten Stromschnellen des Lebens hinter sich.

Was ich damals nicht wusste, war, wie persönlich du mich meintest, wie mühelos dir die Überwindung dieser Schranke des Förmlichen mit mir gelang. Du sprachst gut von meinem Lachen, meinem Händedruck. Eigentlich hast du mir wenige Geständnisse gemacht, und daran sollte ich merken, es war dir Ernst.

Du bist ein professioneller Zu-Herzen-Geher. Dieses wortreiche Einschläfern war dein Trick. Es wirkte trotzdem beruhigend und zog wie ein Zwei-Ton-Signal durch meinen Kopf: Aufhören, Weitermachen, Aufhören, Weitermachen…

Dazu das Ostinato: du, der Lichtstrahl auf mein Leben. Meine Freude! Mein Lichtblick! Mein Boy! Mein Mec! Mein Ritter! All die peinlichen Dinge, die man sich sagt, damit es wirklich wirkt, habe ich vor mich hingeflüstert, und sei es auch nur, um zu fühlen, wie sie schwingen und mich schwingen lassen.

Kaum hat man einen Flecken gemeinsamen Boden betreten, berauscht man sich an den Konjunktiven des Zufalls: Wenn ich an diesem Tag nicht den Bus verpasst hätte, wenn du nebenan gegessen, wenn du in Begleitung an einen anderen Ort gegangen wärst … Man legt die Hand auf den Mund und atmet erschreckt ein: Chchch, nicht auszudenken! Diese Macht des Schicksals, von welchen Missgeschicken hing diese eine Begegnung ab, was hätte sie vereiteln können! Nicht auszudenken!

Man beschäftigt sich mit dem Namen, den Initialen, der Handschrift, den Eigenheiten des Sprechens, Atmens, Schluckens. Jede kleine Hinterlassenschaft ist ein Zeichen. Wie ein primitiver Wilder beginnt man, die Natur zu benennen, aber in einer anderen Ordnung, sieht Analogien, wo niemand sonst sie sieht, nennt Dinge verwandt, wo niemand sonst Verwandtschaft erkennt. Wie auch? Sie bedeuten ja nur etwas für uns, für unsere Geschichte.

Meine Welt habe ich nach und nach mit deinem Namen beschriftet. Man ritzt nicht mehr in Bäume, oder? Ich schon. Als ich in Tokio im Garten des Tenno diesen Affenbrotbaum sah, mit einer Krone, die sich wie ein Patronat über den Stamm senkte, habe ich uns in die Ewigkeit dieser Rinde geritzt. Stark sind wir jetzt, wie die Narbe dieses alten Baumes, der für uns bluten musste.

Ich habe es so geliebt, Zeichen zu hinterlassen, Symbole, Fotos und Talismane zu vergraben. Dazu kam mir deine Abwesenheit ganz gelegen. Ungestört konnte ich um dich herum halluzinieren und in deine Augen sehen mit der einzigen Frage, die noch zählte: Wie tief kannst du, wie tief willst du lieben?

Und ich lernte die Angst kennen, die Angst, du könntest gehen, ausbleiben, nicht anrufen. Du könntest eine Frau oder Geliebte haben, könntest dich als meine große Enttäuschung entpuppen.

Andererseits habe ich mich selbst geprüft. Da war meine Anhänglichkeit an dein Äußeres, deine braune Haut, deine schlanke, unbehaarte Erscheinung. Du erzählst mir von Rio, vom Christus auf dem Corcovado. Ich frage:

»Hat dieser Christus wenigstens ein Restaurant im Kopf?«

Und du breitest dein Lachen aus, ich sinke in das Dunkel deiner Umarmung, nehme dein lachendes Gesicht mit und leide glücklich: Was hat es nur auf sich mit der Schönheit? Mit dem Verlangen, das sie weckt, diesem Verlangen ohne Begierde? Das ist für Augenblicke schön, denn die Begierde verzerrt die Perspektiven und giert, bis nichts nur Schönes mehr ist.

Ich glaube, Schönheit zeigt sich nur im Zustand des Verlangens. Da muss sie bleiben. In meinem Leben jedenfalls drang das Verlangen nie unbeschädigt durch die Begierde. Deshalb konnte ich besser mit Männern schlafen, nach denen ich nie Verlangen empfunden hatte. Lieber gleich Begierde.

Am Anfang hielt ich dich für kunstfertig. Alt genug ist er, seine Wirkung zu kennen, dachte ich, den Unbeholfenen effektvoll zu spielen. Doch andererseits zeigtest du diese reine Konzentration auf mich. Meine früheren Männer dachten ja, ich müsse es schon Liebe nennen, wenn sie nur bereit waren, über ihre Kindheit zu sprechen. ABC-Schützen, die ihre ersten Schritte in der Sprache des Fühlens tun. Deine Welt dagegen war handlungsarm, in ihr kam kaum etwas anderes vor als ich.

Trotzdem wusste ich: Solange ich deine Wunde nicht gesehen habe, kenne ich dich nicht, und solange ich dich nicht kenne, kann ich dir nicht glauben.

Es hat gedauert, bis ich wusste, die Liebe selbst war deine Blöße und das Medium deiner Verletzungen. Deshalb warst du im Fühlen zwar groß, aber in der Übersetzung unerfahren.

Hat eigentlich jeder, der mir im Zug gegenübersitzt, im Restaurant, im Wartezimmer, einen Abgrund in sich? Und ist sie gleichmäßig über die Menschen verteilt, diese Gabe, Monolith zu werden?

Ich fragte mich wochenlang, wie intakt wohl unsere Einsamkeit sei. Doch dann sagtest du Monate später, ganz leise, Wort für Wort: Ich. Liebe. Dich. Jedes Wort geflüstert, weggeatmet, »ich liebe dich«. Ich musste den Kopf wegdrehen vor Enttäuschung.

Wer hat dir diese Worte eingegeben? Warum fädelst du uns ein in diese sechsspurige Autobahn? Warum lässt du alle Welt in unsere Liebe ein? Bist du ganz allein auf diese Formel gekommen?

Ich war gerührt und schämte mich gleichzeitig. Erst waren wir ein Paar. Drei Worte weiter und wir waren alle.

Auch später habe ich manchmal empfunden, dass mich deine Geständnisse nicht sicherer machten, sondern skeptischer. In dem Rohbau unserer Obsession standen diese Bekenntnisse wie »Verlassenschaften«, wie man hier im Wienerischen sagen würde, wo das Erbe von seinen Besitzern im Stich gelassen wird.

Glaubst du, ich wäre in all der Zeit auch nur im Traum darauf gekommen zu fragen, was du von mir wolltest? Eines Tages warst du da. Dann bist du geblieben. Später tauchte ich aus einem Halbwachzustand auf und dachte: Mensch, ich hab die Verführung verpasst.

Kann ich sie vielleicht noch einmal erleben? Bitte. Mach die Augen auf und sag wie damals in London: Why schouldn't we? Und dann den nächsten Satz, den magischen zweiten! Denn ihn habe ich vergessen.

Oder muss ich mich heute selbst verführen? Dann bleibt mir nichts anderes übrig, als auf meinen Spuren zurück ins Haus zu laufen, in die Liebe, wo ich hingehöre.

Ja, ich bin in Liebe. Wie Architektur ist sie, wie Musik, wie ein Medium, das einen Raum um dich spannt und dich einschließt. Ich kann das, ich gehe durch eine Tür auf der Rückseite meines Lebens und finde dich. Es ist unser inneres Ausland, es ist das gefühlte Exil, das ich so allein bewohne. Kehrst du, Liebster, bitte dorthin zurück?

Menschen verändern sich, wenn man sie braucht. Erst dann werden sie unzuverlässig. Aber was hat sich zwischen uns wirklich geändert? Ich unterstelle dir die Liebe und in der Liebe die Wahrheit, jetzt wie früher.

Du musst nur in unserer Welt die Augen aufschlagen. Das ist die Antwort. Wie die Unfallopfer im Film, die auf dem Asphalt liegen und das erste Gesicht lieben, das sich über sie beugt. Sie haben alles vergessen, aber aus diesem einen Gesicht machen sie eine Religion.

Ich bin dieses erste Gesicht, verurteilt, dich zu erwecken.

Mein Leben konnte diese Liebe nicht ruinieren, es war schon ruiniert. Doch erst als ich anfing, dich fühlen zu können, und als ich ahnte, dass dieses Gefühl kein Handschmeichler war, da ahnte ich, wie meine jahrelange Lieblosigkeit mich zugerichtet hatte.

So also erscheinst du in meinem Horizont, schlenderst heran und wertest alles um, so lange, bis ich mein Leben aus einem neuen Blickwinkel sehen muss, und noch ein wenig weiter hat dein Name eine Wirklichkeit, zu der ich lieber zurückkehre, als zu den Besinnungslosigkeiten der Arbeit, der Gesellschaft, der Großstadt.

Unser Anfang. Ich wünsche mir diesen Anfang immer wieder, denn als wir anfingen, war ich doch noch gar nicht richtig wach! Wäre ich ein Kind, ich müsste die Erde berühren und mich vergewissern: Du bist auf demselben Boden.

Doch das wäre dann kein Boden mehr, und was ich berührte, würde immer berührbarer, als hätten wir uns nie angefasst, sondern würden erst jetzt anfangen, auf den Punkt zuzugehen, an dem man ahnt, wie das ist, nackt zu sein vor Hunger und Mangel, was dasselbe ist wie vor Sättigung und Überfluss, auf den Punkt der Leidenschaft gekommen, und manchmal täte uns das Reden Leid um jeden ungesagten Satz und das Küssen um jeden versäumten Kuss und die Berührung um jede Berührung, die wir ausschließen, indem wir uns so berühren und nicht anders. Und wie der Riese im Märchen würden wir aus dieser Berührung des Bodens unsere Kraft schöpfen...

Ich kann nicht weiter.

Schlimmer als allein ist allein gelassen.

Du merkst: Ich bewege mich auf vielen langen Gedankenstrichen...

Gut, dass es regnet. Gut, dass die Nacht da ist und der Regen nicht aussetzt. Gut, dass es gut ist, für diesen Abschied bei dir zu sein.

Staune nicht. Wer liebt, nähert sich unaufhörlich, da mag man so nah sein, wie man will. Näher, näher, heißt es, auch wenn da nichts ist, nichts als ein Organismus, eine Kontur, ein Haufen Zellmasse, ein Etwas ohne Schauseite, mit dem einzigen Talent, Liebe zu inspirieren. Die Liebe ist eine Steigerungsform, ihr geht es um alles. Deshalb gibt es die Liebe auch eigentlich nur, solange sie unmöglich oder verboten ist. Danach wird sie ein Verhandlungsergebnis, ein Kompromiss. Bis dahin aber: gegenwärtiger, größer, mehr...!

Deshalb macht man wahrscheinlich in der Leidenschaft nie etwas anderes, als was ich hier versuche: Den Geliebten zu erwecken, ihn in seine Existenz zu holen, ihn so mit Gefühlen zu bestrahlen, dass er leben muss.

Also liegen alle Geliebten immer im Koma – der Gewohnheit, der Pflichterfüllung, der Abstumpfung. Ach, ich weiß noch, wie ich weinen musste, als ich eines Morgens in der Zeitung den Satz eines Selbstmörders fand, geschrieben im Abschiedsbrief an seine Frau: »Unsere Ehe war immer so schön.«

Naja. Nach unseren drei Tagen in London eröffnete sich ein neuer Schauplatz des Erkennens. Unsere Briefe.

»Sie sind noch bei mir, Sie hören nicht auf«, schrieb ich, ins »Sie« zurückfallend, denn ich wollte gerne alle Möglichkeiten der Annäherung offen halten. Hier habe ich es, abgeschrieben für mein Tagebuch: »Sie fischen durch die Schnipsel, die ich hinterlasse und setzen mich zusammen. Sie können das gut. Kleine Tische, labile Stühle, schattige Räume, Heimlichkeiten. Ihr Ton ist das schönste, Ihre Art, ruhig, wenn auch aufgebracht zu suchen, zu forschen. Sie schreiben so, dass man Ihnen nicht gerecht werden kann, also werde ich Ihnen nicht gerecht. Nein, für mich ist es kostbar, dass Sie Zeit mit mir verbracht haben und sich die Mühe machten, mich zu kennen. Sie kennen nun etwas Wahrhaftiges, dafür kann ich nichts, muss Ihnen aber sehr dankbar sein, bin es, auch wenn Dankbarkeit dieses Verhältnis so gar nicht beschreibt.«

Oder hier, zwei Tage drauf, nicht minder förmlich:

»So, wie Sie schreiben, schreibt man nicht. Das und die Tatsache, dass Ihnen das Schreiben schwer gefallen ist und Ihnen doch kurz das Gefühl des Zusammenlebens gab, hat mich gefreut, nein, erhoben. Ich glaube, Ihre Existenz ist angstvoll und schön und kühn. Sie werden unter diesen den richtigen Ausdruck finden.

Ich kann Ihnen nur in freier Atmosphäre schreiben. Die Nächte sind sehr kurz und gesättigt von Spirituosen und Palaver. Das ist gut. Sie säßen da und würden erst ernst sein, dann lächeln, Sie würden denken, dass es gut ist, intensiv. A propos: Worin besteht eigentlich Ihre Schönheit? Wissen Sie es?«

Keine Antwort auf dieses Letzte, bis heute nicht. Aber ich weiß noch, dass du dich plötzlich für mein Leben interessiertest wie für das Bauprinzip eines Gebäudes oder Romans.

»Meine Mutter starb in ihrer Blüte. Die Familie war immer schadhaft gewesen. Danach war sie kaputt. Ich reiste, dachte, ich werde was, in meinen Augen was, und reiste dem Versprechen der Erregung hinterher, das ist mein Stern. Im Augenblick reise ich zu Ihnen, merken Sie das, ich suche unseren Ton, hätten wir den nicht, müsste ich gleich aufhören. Ich kann nur unseren, alles andere langweilt mich wie Privatradio.«

Mehr solltest du damals von meiner Vergangenheit nicht erfahren. Ich wollte den Brennstrahl eng halten, keine Streuung, wenig Biographisches, Alltägliches, Praktisches, nur wir, nur das Gefühl. Romantisch, nicht? Auch sentimental. Es geht nicht anders, und es interessierte mich nun einmal so viel mehr bei dir, als bei mir zu sein. Hier:

»Da ist etwas, wenn ich ›lieber Rashid‹ schreibe. Was es ist, will ich im Augenblick nicht wissen. Ich schreibe jetzt an niemanden wie an Sie. Außerdem entwaffnen Sie mich.

Sie schreiben in jenem Zustand, in dem die Berührtheit nicht abgeklungen ist. Was kann ich antworten?

Ich kann in der gleichen Verfassung antworten, gestern Nacht, wieder heimgekehrt aus Yokohama, mitten hinein in die Berührtheit, die Sie mir bereiten durch Ihr Sein.«

Ich wusste damals nicht, wer von uns den anderen stärker fordert, aber unterschätzt habe ich dich nie. Du gingst so genau auf das zu, was nur wir beide sein können. Eine Freude war das und eine Beklemmung.

Nur »ich liebe dich« hättest du nie sagen dürfen. Nicht diese einzige Plattitüde, die ich bald mit dir teilte.

»Sie sehen mich schrecklich genau«, schreibe ich hier, »schrecklich, weil Sie das gar nicht dürften, so genau, so schnell, und dann richten Sie sich zwischen allen diesen Aussagen über mich langsam als Sie selbst auf: ›Ich muss Ihnen das alles sagen, wenn Sie mich hören wollen.‹ Und ob ich Sie hören will, Sie, der Sie Angst vor der Intensität haben und doch schon ihr Aroma wittern, Sie, die Sie nicht möchten, dass ich je Ihre Angst unterschätze, das tue ich nicht, Sie, der Sie von Ferne meine Fähigkeit zur Langeweile bezweifeln. Langweilen kann mich nur das Unkomplizierte, aber ich fürchte, je besser man Sie kennt, desto schwieriger wird es mit Ihnen.

Ich weiß, Ihre Intuition ist stark. Doch Sie glauben, etwas Form werde Sie schon bewahren vor den Gefahren des Intuitiven. Mich hat Ihre Intuition entwaffnet, Ihre Fähigkeit, sich selbst in die Sprache zu werfen und darin heimisch zu sein, und von dort offenbaren Sie mir Ihre Durchlässigkeit, Unsicherheit und schließlich das Besondere, das für mich ›Rashid‹ geworden ist. Verstehen Sie mich noch?

Dass Sie nichts von mir wissen, als das, was ich in London war und was hier in meinen Briefen steht, das möchte ich gerne so halten, und auf demselben Weg möchte ich zu wissen beginnen, wer Sie sind. Ohne Internet-Recherche, bitte. Wenn ich wissen soll, wie Ihr Unterarm heute aussieht, werden Sie ihn mir schon beschreiben müssen. Sollten Sie mich küssen wollen, müsste ich schon wissen, wie, und manchmal wird es gefährlich klingen, das abzuschicken.

Warum wir einander schreiben? Um zu werden. Wir hätten schon aufgehört, wenn wir das nicht könnten. Wir schreiben aus Mangel an Leben, drunter geht es nicht, und wenn mich nicht alles täuscht, sind wir gerade im Begriff, uns ein gemeinsames einzuhauchen. Klingt das wieder nach Oper? Ich weiß es nicht besser.

Ich kann Ihnen das Gefährliche nicht ersparen. Ich kann nicht sagen, wo wir landen. Ich kann die Form nicht nennen, in die wir fallen oder die wir vermeiden könnten. Ich weiß nicht, was mir mit Ihnen möglich ist, ich kann Sie nicht sichern. Aber ich kann sagen, dass ich das Glück habe, vor dieser Unsicherheit keine Angst zu haben.

Im Gegenteil, ich bin froh, dass jede Zeile, die Sie schreiben, so klug und plausibel klingt, und trotz meiner Freude habe ich keinen Schimmer, wie dies weiter gehen soll.

Ist das schlimm, dass ich Sie nur an diesem einen Punkt im Stich lasse, weil ich Ihnen so viel Mut abfordere? Und geht von uns nicht andererseits doch etwas Verlässliches für Ihr Leben aus? Ihre Realität liegt für mich ganz im Zwischenreich unseres geteilten Lebens.«

Ich schrieb diese Dinge inständig. Glaube nicht, es hätte viele Möglichkeiten in meinem Leben gegeben, das zu tun. Und doch hattest du Recht mit deinem Zweifel an mir, kenne ich mich doch gut genug, um meine Illoyalität zu kennen.

Ich wollte also gern mit deinem Zweifel leben, bereit, ihn mit jedem neuen Brief an dich außer Kraft zu setzen. Jedes Mal ging es darum, dir eine ganze Welt zu ersetzen und dafür zu sorgen, dass nur wir beide wirklich waren, solange wir dies lasen und schrieben und am Tag oder in der Nacht irgendwann daran dachten.

Ich kannte das Leben nicht, in das du aus London zurückkehrtest. Ich wusste nicht, wie besetzt es war. Aber ich wusste um die Poesie der Liebhaber, um die Kultur der Geliebten. So kam ich heim, musterte im Geiste die Anwärter – es gibt immer Anwärter – und stellte erleichtert fest: Für uneigentliche Verhältnisse hattest du mich innerhalb von drei Tagen verdorben, und mancher dieser Bewerber verwandelte sich unter meinem bösen Blick in einen gewöhnlichen Mann wie die Echse in die Brieftasche.

Wie gerne hätte ich gewusst, wem du, was du anderen über mich berichten würdest. Wo hast du begonnen, wie die Akzente verteilt? Telefonieren kam nicht in Frage. Wir blieben also mit der wörtlichen Rede lange auf dem Stand unserer letzten Begegnung.

Andererseits schriebst du in einsamen, exklusiven Bildern, denen ich anmerken konnte, dass du sie aus deinem geselligen Leben herausgeschnitten hattest. Da waren Freunde, da standen Vertraute, Kunden, Trabanten und wandten den Kopf. Da zogen Autokolonnen durch.

War es dir vielleicht wegen der Überbevölkerung deines Lebens so wichtig, dass wir für uns, dass wir Insulaner waren?

»Es freut mich«, schriebst du in deinem ersten Brief, »ich säße gerne mit Ihnen auf einem Dachboden oder in einem Zugabteil und würde langsam und vorsichtig reden oder schweigen. Aber da ich Ihnen nun einmal vertraue, muss ich es in Ihre guten Hände legen, mit diesen Zeilen, mit uns, mit unserem Ideal zu machen, was Sie machen müssen. Nur: Liefern Sie mich nicht aus, niemandem.«

Ich verstand richtig: Du ermahntest dich selbst, mich nicht zu verraten, und so konnte ich mich als dein Doppelleben verstehen. Du schriebst, und das waren die ersten geschriebenen Komplimente:

»Ich habe Ihre Klarheit so gerne, Ihre Lust am Innigen, an einer Sprache, die sich nicht zufrieden gibt. Ich sehe Sie durch Ihren Tag laufen und denken: Das müsste ich Rashid schreiben, ja es gibt für Sie sogar die Rashid-Stimmung, und manchmal ist mir die Valerie-Stimmung das Wirklichste am Tag.

Ich muss viel arbeiten, katalogisieren, Expertisen schreiben, und deshalb bin ich unverantwortlich, wenn ich schnell rüberkomme zu Ihnen und sage: Valerie, sehen Sie mal hier oder das da, oder hören Sie mal, haben Sie schon mal überlegt...

Manchmal glaube ich, Ihre affektive Seite ist so warm, dass Sie händeringend etwas Kälteres suchen, Konstruktives, Ordnungsbegriffe. Ich weiß nicht, vielleicht ist es besser, sich dem Affektiven restlos in den Rachen zu schmeißen. Vielleicht ist es aber gerade in Ihrem Falle auch weniger gut. Das ist es, was ich nicht weiß. Ich weiß ja noch nicht einmal, wie Ihr Weinen klingt.«

Ich antwortete:

»Sie schreiben einen Ton, der mich an Sie glauben lässt, ich weiß nicht, was es ist. Sie ziehen mich an, denn Sie scheinen zu vielem fähig. Aber zugleich vertraue ich Ihnen und würde in einem sehr finsteren Wald glatt meine Hand in die Ihre legen. Nichts von diesen Wunderlichkeiten soll Sie beklommen machen, lassen Sie uns einfach auf die Erwartung zugehen, die wir zusammen erschaffen, so als wäre, was wir gemeinsam sind, ein Werk.

Sie sind beherzt, ich bin froh, dass Sie es sind, wir haben keine Zeit, es nicht zu sein. Auf unserem Feld kann man nicht blenden und nicht fälschen, jeder falsche Ton klingt hier noch lauter, dissonanter.

Ich wache gerade über Ihren Schlaf.«

Das schrieb ich damals. Du siehst, nichts hat sich verändert, und daran, wie wir in unsere Geschichte hineingestolpert sind, erkenne ich uns noch immer.

Ich fühlte mich gerufen, du kamst wie gerufen.

Und dann habe ich dir eines Tages geschrieben, dass es sich schöner lebt mit dir im Leben, und wir wurden beide, ich weiß, ganz traurig, so froh zu sein.

Deine Briefe waren reichlich zart für einen Mann, fand ich, bewegt von ihrer Raffinesse, doch zugleich befremdet von diesem Umschlag ins Kleine, Rührende, das ich irgendwie mit deinen orientalischen Wurzeln in Verbindung brachte.

Du maltest Sprachbilder von mir, und immer war ich darin allein. Und immer klein. War das Intuition, oder warst du einfach geschickt? Einen Menschen in seiner Einsamkeit abzuholen, macht immer, dass er sich erkannt fühlt.

Doch seit ich wusste, wie du mich gelesen hast, wusste ich, wie ich dich lesen musste. Du glaubst doch nicht, man könne die Liebe sagen oder? Das große peinliche Stammeln! Der Versuch, aus Phrasen Kathedralen zu bauen! Massenhaft verblöden Menschen, nur weil die Liebe sie dazu bringt, in der Schnulze zu leben, und mitten darin fällt mir der Satz La Rochefoucaulds ein: »Wer weiß, wie viele Menschen nie verliebt gewesen wären, wenn sie nicht von der Liebe hätten reden hören.« Ja, und alle haben sich dieselbe Liebe dabei vorgestellt und dabei ist sie dumm, stumpf und süßlich geworden.

Und dann sagst du, die Sprache reicht nicht aus, ich kann es nicht sagen, fängst an, was du sagst, mit erfundenen Wörtern zu spicken, wirst niedlich, unernst, verspielt, machst mich klein, machst mich groß und zwischendurch immer wieder »unbeschreiblich«.

Wenn man so haltlos ist, voneinander entfernt, in einem Kokon aus Erinnerungen, Reizen und vagen Worten steckend, kann man sich dann noch direkt begehren? Die Sprache unserer Empfindungen war Aquarell, die unserer Begierde Kartoffeldruck. So blieb sie über die erste Entfernung hinweg, und was wollten Sie wirklich, wenn nicht Ferne wegnehmen.

Als ich damals von London aus zurück nach Tokio flog, war alles Erwartung, Verheißung. Geküsst hatten wir uns nur zum Abschied, aber auch das aus Konvention und allenfalls, um der Vorstellung eine Idee zu geben, wie die kommende Begrüßung schmecken müsste.

Die Erwartung war himmelhoch jauchzend. Mit etwas Behutsamkeit würden wir sie ohne Kränkung bis in unsere nächste Umarmung retten. Ich drückte mich in meinen Businessclass-Sessel, trank in rascher Folge drei Gläser Champagner, die sich hoch über den Wolken mit dreifachem Rausch bemerkbar machten, dachte, selbst der Tod ist schöner, wenn er dich verliebt und in der Businessclass ereilt, und fühlte mich mitten im Glück.

Ich lebe lieber mit dir als ohne dich, flüsterte ich dir zu, während ich unseren Kontinent unter mir, hinter mir ließ. Ich möchte dich nicht missen, ich möchte dich nicht kleiner, fremder, ferner machen, ich möchte dir nicht weniger vertrauen, und ich möchte mich nicht weniger preisgeben, ich möchte auch nicht sehen, dass du es tust. Ich möchte mein Leben schöner machen durch dich und deines durch mich, ich möchte –

So ging das immer weiter.

Ich werde mich in deine Hände geben und dich mir sagen lassen, wer ich bin. Was ich kann. Welcher Mensch in mir wartet. Ich gebe mich dir.

Einmal so weit, ist es wichtig zu entscheiden: Wir lassen es uns von der Wirklichkeit nicht vorschreiben, wer wir, für einander, sind. Suchen wir uns also lieber in dem nicht definierten Raum unserer Empfindungen, klugen, schmalen, warmen, großen, verträumten, gierigen, sentimentalen, wahrhaftigen und so immer weiter.

Vor diese Idee der Liebe gestellt, wurde ich wirklich klein. Aber meine Angst vor uns bezog sich vor allem auf die Formlosigkeit hinter allem. Formlose Verhältnisse ereilen dich immer, und in meinem Leben haben sie immer Verwüstung hinterlassen. Aber ich war mir nicht sicher. Du hast Geister geweckt, aber glaub mir, ich weiß: Kein Geist hilft gegen dich.

Wenn man missgünstig darauf blickt, gibt es ja eigentlich weder Liebe noch Freundschaft, sondern Mischungsverhältnisse. Es gibt keine Regel für die eine Welt und keine für die andere. Du bist eine Form für mich, bei mir zu sein, und von dort aus flehe ich dich an: Komm zu uns zurück!

Ich saß also im Flugzeug auf dem Weg heim nach Tokio und dachte: Wäre es etwa besser, etwas anderes aus Rashid und Valerie zu machen als das, was sie in diesem Augenblick wurden? Nein. Zwei, die auffliegen, schon gut.

Und wenn es so ist, müssten wir dann nicht sein, was nur wir einander sein können? Ich dachte hier wohlgemerkt an zwei Menschen, die nicht mal miteinander im Bett gewesen waren, ich dachte wirklich an eine »unio mystica«, und mir war klar: Meine Selbstauslieferung hatte begonnen.

Ein paar Stunden später, und mich blendet hoch über dem wüsten Land der einzeln mein Auge treffende Strahl der Scherbe. So schnell, so wesenlos und so evident war unser Anfang, und er brach mitten hinein in meine Delirien, mein Imaginieren und Zweifeln.

Ich verstehe nicht viel von der Liebe. Aber ich kann sie an ihrer Kraft messen, mich zu verändern. Sie hört nicht auf. Ich stehe immer noch mitten in einer Umarmung, werde umgeformt und weiß nicht, wie mir wird.

Doch ist es seltsam: Man will einen persönlichen Tod sterben, also will man auch persönlich lieben, dem Erstarrten, Gesetzmäßigen entkommen. Die Liebe ist ein Vehikel dafür, sie hilft, scheinbar persönlicher zu werden. Denn man lebt in der Preisgabe, treibt sie weiter und weiter, da ist kein Halten mehr, man spült, was verborgen war, ins Freie. Nimm das! Und das! Und das noch! Ginge es immer so weiter, man wäre am Ende unmenschlich.

Lieben geht nicht.

Die Wirklichkeit ist anders: Die meisten treten in die Liebe ein und erwarten, sich selbst zu begegnen. Aber was finden sie: jedermanns Wünschen, jedermanns Fürchten.

Stell dir die Liebenden der Welt doch nur vor: Dieses riesige Wasserballett, dieses massenhafte Formationstanzen! Alle sehnen, alle schluchzen, alle treiben ins Innige. Das ist nicht das Persönlichste, das ist das Allerallgemeinste, und trotzdem fühlen sich alle besonders wie Tristan und Isolde. Wir sind gesund, sagen sie, die Welt liegt beim Psychiater.

Und ich sah mich um, sah mich ganz wörtlich um in der Businessclass dieses Flugzeugs, sah nach den Zurückgekippten mit den Schlafmasken, der Illustrierten-Leserin, dem Surfer auf den Filmkanälen, dem konzentriert am Laptop Arbeitenden und dachte: Warum konnte die Liebe zwischen all diesen Verschiedenen, potenziert durch Verschiedene, die gleiche werden?

Warum haben sich alle auf die gleiche Liebe verpflichtet, die sie weiter schreiben wie ihren persönlichen Groschenroman. Von »Was bisher geschah« bis »Fortsetzung folgt«. Und auf diesem Wege wandeln sie ihre Liebe in etwas anderes um: In Entertainment, einen

Hautreiz, einen Kaufimpuls, du weißt schon, in etwas jedenfalls, für das ein Markt existiert.

Sie werden abgeholt, sie überführen ihr diffuses Fühlen in eine Sammlung von kalkulierbaren Reflexen, und prompt geben sie sich der Paarberatung, der Versicherungswerbung, dem Kuschelrock, der Partnermode, dem Bild der glücklichen Rentnerei hin und vergessen ganz langsam, woher dieses Gefühl stammte, was es war und wollte.

Wahrscheinlich ist es genauso schwer, die Liebe in Liebe zu übersetzen, wie ein allgemeines »man« in ein Individuum.

Aber ist denn die Liebe nicht mehr als bloße Nachahmung? Am Ende lieben alle Liebenden vielleicht dieselbe Liebe, nur kriegen sie sie eben nicht oder nur in unterschiedlichen Reifezuständen. Kürzlich fragte ich eine Fettsüchtige, die im Besucherzimmer deines Krankenhauses rauchte, ob sie einen Freund habe. Sie antwortet wörtlich:

»Ja, und er hält zu mir, das heißt, es macht ihm nichts aus, mit mir zusammen zu sein.«

Auch sie fühlte sich geliebt.

Und noch etwas: Immer tun diese Liebenden, als blickten sie sich auf den Grund. Ich fürchte aber, im Augenblick, da sie sich erkennen können, geht der Liebe meist schon die Puste aus. Spätestens in diesem Augenblick muss etwas anderes beginnen, die Katastrophe, die Ehe, die Wenn-sie-nicht-gestorben-sind-Liebe.

Was man sonst Liebe nennt, ist eher ein Aufbruch zum Geliebten. Für das Glück muss man eine lange Reise daraus machen. Deshalb sind die Undurchsichtigen die besten Geliebten. Deshalb fehlst du so sehr. Ich bin voller Fragen, in jeder Frage entstehst du neu. Fällt eine Liebe, die alles weiß, nicht bald in sich zusammen? Muss sie nicht ahnen und glauben und nimmersatt sein?

Ich frage mich wirklich. Zwischendurch ein unkontrolliertes, von tief innen herauf dämmerndes Gefühl der Abwehr und Verachtung für die Person, die mein letzter Liebhaber war. Vergiss ihn.

Aber du: Komm zurück zu uns! Wir waren ja noch längst nicht angekommen. Wenn ich je das Trennende an dir gesucht habe, dann nur, um mich inniger mit dir vereinigen zu können.

Und dann sitze ich wieder – oder immer noch? – in diesem Flugzeug nach Tokio. Mit neunhundert Stundenkilometern entferne ich mich von dir, mit derselben Geschwindigkeit rase ich auf dich zu. Was immer jetzt kommt, es wird unser Leben sein, selbst wenn wir es nicht schaffen sollten. Ich weiß, wie ich dein Gesicht sehen will, weiß, welchen Ausdruck ich daraus befreien will, um ihn auf mein Gesicht durchzupausen.

Ich fliege heim nach Tokio, das mit einem Schlag nicht mehr ganz so selbstverständlich mein »Zuhause« heißt. Mir fällt selbst auf: Ich habe nicht an deinen Körper gedacht, nur an dein Gesicht. Gibt man nur etwas Körper hinzu, meinte ich, müsste es schon reichen für das Glück. Ich kam ja aus nüchternen Zeiten.

Wenn ich später an unsere Lust dachte, wurde mir ganz anders. Dann saß ich mit meiner Zigarette vor dem Haus und fühlte das Drama der Liebe und das der Einsamkeit und sehnte mich nach Liebe weniger als nach Nacktheit. Aber eigentlich war da nur noch das Verlangen, etwas Körper in den Mund zu nehmen. Deinen.

Und den meinen zu schenken, in neuer Befangenheit, denn mit dir gehe ich zurück in die Zeit, als ich ein junges Mädchen war. »Schenken« ist das Wort, dem ich nicht auf den Grund sehen kann.

Bei mir weiß man nie. Bei Männern auch nicht.

Ihr tragt alle den Ernstfall in euch, seid alle diese freundlichen, unauffälligen Nachbarn, die über einem Waffenarsenal leben, Pornos horten, plötzlich grausam werden, das färbt allmählich auf ihre Frauen ab.

Ich erinnere mich: Da saß ich im fernen grauen Tokio und sah dem Frühling bei seinen Niederlagen zu. Eines Tages treffe ich in einer Galerie auf eine Künstlerin, die sich dort sechs Stunden lang angekettet hatte und die Besucher machen ließ. Du glaubst es nicht, die Besucher, Europäer und Amerikaner vor allem, rotten sich zusammen, die Frauen stacheln die Männer auf, sie sollen ihr wehtun, ihr die Kleider vom Leib reißen, Zigaretten auf ihr ausdrücken, ihr den Daumen vorne rein stecken, sie verletzen, einfach so, weil es Kunst ist. Sie stammt vom Balkan, war vor dem Krieg geflohen, hatte jeden Ausbruch von Gewalt mit einem Ortswechsel beantwortet, trug ihre Opfergeschichte in einen Kulturkreis, der diesen Krieg und seine Opfer bis dahin nicht kannte und auch nicht die aufgepeitschten Gaffer.

Ein Mann steckte ihr eine Pistole in den Mund. Schön war diese Frau, wüst. Am Anfang trug sie ein Abendkleid, am Ende hatte sie kaum noch etwas am Leib, nur Blessuren, Flecken, Wundmale. Ich bin gegangen. Hätte ich, einem Kunstwerk gegenüber, zur Moralistin werden, hätte ich einschreiten sollen? Sie war ja keine Frau, sondern ein Exponat.

Ist es schlimm, dass ich so fühle? Erregend fand ich es nicht, aber schwesterliche Gefühle sind mir ebenso fremd. Wie aber hätte ich dasselbe als ihre Liebhaberin, als ihre Freundin gesehen?

Und trotzdem: Bin ich auch so, hast du mich so erlebt? Wenn du deine Hände wie Kompressen auf meinen Körper legst, bis auf die Struktur greifst, die Wirbel umfasst, den Nacken jätest, dich gar nicht für das Fleisch interessierst, sondern immer gleich bis zum Knochen willst, das mag ich, denn ich fürchte es.

Dann verschwindet die Fremdheit unter Menschen, weil sie von Macht ersetzt wird, von Befehl und Gehorsam, Triumph und Unterwerfung. Ob das zwei Menschen nicht noch fester aneinander bindet als die Liebe?

Bis heute weiß ich nicht, was mir wichtiger ist: Zärtlichkeit zu geben oder zu empfangen, und ich bin der Frage nicht auf den Grund gegangen: Bin ich so erregt, weil ich die Einheit mit dir so stark fühle, oder erregst du mich so stark, dass ich uns als Einheit fühle?

Klingen wir noch? Sind wir aus einem Guss?

Oder geht der Haarriss jener unglücklichen Szene im Flugzeug heimlich schon quer durch unsere Identität? Kannst du deshalb nicht ins Leben kommen?

Gerade denke ich an das Nudistenpärchen auf dem adriatischen Affenfelsen, weißt du noch, damals, in unseren zweiten Ferien, als wir ihr Liebesspiel, ihr bestimmt achtstündiges Liebesspiel schon neidisch beobachteten, aus den Augenwinkeln, aber gemeinsam, und als die Nacht kam, die letzten Badenden ihre Sachen ausschüttelten und die Ziegen aus den Bergen talwärts zogen, haben wir, was wir nicht mehr sehen konnten, weiter gesponnen: Jetzt wälzt sich der Mann zur Erlösung auf die Frau, die sich mit ihrem auseinander gedrückten Becken, nein, mit ihren schmalen Hüften zurechtlegte und so duldsam wie empfängnisselig, ›ich bin bereit‹ sagte.

Als wir da saßen und rauchten und von der Erzählung selbst aufgepeitscht wurden, war ich die Frau auf dem Felsen, und der Mann auf mir hatte kein Gesicht, aber ein Geschlecht. Das hat mich erregt.

Ist das schlimm?

Du warst so nah, aber nicht du lagst auf mir, sondern dieser fremde Irgendwer, ein Mann ohne Ausdruck, voller aggressiver, selbstgerechter Begierde. Komm, zeig deine Eifersucht! Die einzige Unvollkommenheit, die ein vollkommen Liebender besitzen muss.

Ich musste dich noch mitnehmen in diese Situation, aber was ist aus ihr geworden? Als ich mitten darin war, konnte ich das Meer riechen, spazierte nach vorn in die glatte Zone, wo die Wellen auslaufen. Ich wollte die beiden besser beobachten können, wich den von Sand panierten Hundekötteln aus, badete und fühlte das Haar in breiten Strähnen vom Salz verklebt, musste die Augen abdecken, wenn ich dir antwortete, so hell war es, und du saßest da so breitbeinig und dickhodig, so nachlässig, so schamlos und schläfrig wie auf einer Karikatur und schienst gar nichts zu bemerken.

Ein Jahr später war in meiner Erinnerung der Sand weg, der Geruch des Sonnenöls. Wieder ein Jahr später waren deine Beine verschwunden, und heute sehe ich eigentlich nur noch deine von der Hand beschatteten Augen, die sich zusammenkneifen, prüfend, ja, eigentlich misstrauisch. Da ist nur noch Landschaft, dazu ein akkurat gemaltes Liebespaar und das Stahlseil dieses Blicks. Den Rest male ich dazu.

Heute kommt es mir so vor, als läge die Substanz jener Wochen in diesen Bildern. Damals wusste ich es nicht, und noch weniger hätte ich geahnt, dass sich dein damaliger Blick Jahre später als der Mandelkern der Erinnerung entpuppen würde. Aber das eine weiß ich noch: Ganz gleich, wie ich auf andere Paare blickte, unter den Sehenswürdigkeiten der Insel konkurriertest du nur mit dem Meer.

Ich muss mir diesen Blick in Erinnerung rufen, das Abschätzige, seine Entfernung, ich muss mir, während wir für Sekunden auseinander trieben, vorstellen, weiter zu treiben, aufzubrechen, dich zu verlassen, damit ich fühle, wie ich dich doch gar nicht verlassen kann.

Ich bin auf meinen Reisen in China mal bei einem Volk gewesen, das keine grammatische Form für die Zukunft besitzt. Versuch es mal: Die Gedanken stoßen sich den Kopf, wenn sie nicht in die Zukunft dürfen. Aber am Abend jenes Tages am Meer musste ich an dieses chinesische Volk denken. Wir haben uns in der folgenden Nacht geliebt ohne Zukunft. Eine in sich stehende Versessenheit war es, das reine Präsens. Nachdem ich den Stachel dieser Erfahrung gefühlt hatte, begegnete ich ihr mit dem Satz:

»Sprich nicht von Liebe, wenn du nicht an Dauer denkst.«

Aber das war Abwehrzauber. Ob dieser Augenblick noch ein Nachleben in dir hat? Wo immer du bist, träumst du gerade von Gefühlen? Wirst du erwachen und sie los sein? Werden sie tiefer sein? Lässt du dich hinaustreiben, weiter weg von mir, um mich erst wirklich rappelköpfig zu machen? Willst du mich erschrecken, weil du so anspruchslos, so bedürfnislos tust?

Man kann nicht lieben, wenn man die Liebe braucht. Wenn man sie nicht braucht, kommt man ganz gut mit ihr zurecht. Aber wenn man bloß mit ihr zurechtkommt, dann braucht man sie schon nicht mehr.

Als ich dich nach deinen Ex-Freundinnen fragte, hast du wie ein Schüler geantwortet, der gerade diese Lektion schlecht vorbereitet hat. Am Anfang hast du es dir noch leicht machen können mit deinem großspurig-männlichen: »Liebe ist ein Rückfall in einen vorintelligenten Zustand.«

Aber eigentlich gingen deine Zweifel an der Liebe auf Selbstzweifel zurück, oder? Denn trotz deiner Intuition, der Klugheit deiner Werbung, deiner Begabung für das Ritual warst du eigentlich ein Legastheniker deiner Empfindungen.

Andererseits: War ich besser? Aus welchem Leben kam ich? Jeder, den du triffst, hatte ich mir gesagt, definiert dein Leben. Also triff niemanden, bleib undefiniert.

Und dazwischen vielleicht von Zeit zu Zeit ein Fremder meiner Wahl, passend zu meinen Neurosen. Ich mag kein Haarwasser und keine Medleys. Die Auswahl ist also nicht mehr groß. Einmal habe ich mich von einem Mann getrennt, nur weil er mir ein Säckchen »Herbes de Provence« schenkte. Was also waren diese Liebschaften anderes, als Versuche, meine Probleme an der Oberfläche zu lösen?

Wohlgemerkt sagt das die Frau, die so lange überzeugt war, nichts so gut zu können wie das Sehnen. Doch dann fällt mir, in meinem inneren Haushalt stehend, selbst auf, dass es lange gar keine Menschen waren, nach denen ich mich sehnte, eher Landschaften oder Zustände.

Ein unheimliches, kein bloß bedrückendes Gefühl: Du hast, aus lauter guten Gründen, die große Oper Liebe ad acta gelegt, und was bist du stattdessen geworden? Das Sexualhobby von Durchreisenden und Zugelaufenen und abgesehen davon eine Touristin im eigenen Leben.

Doch auch in diesen Verhältnissen lässt man Duftnoten zurück. Man bewegt sich, nein, die Liebe bewegt dich in sachliche Zustände, enttäuschte.

Und dann kommt eines Tages so ein Findling wie du mit deinen stummen Augen, und fragt mich wieder und wieder, was die Liebe ist. Hast du dir eigentlich gefallen als dieser seelische Invalide, dessen Innenleben havariert und nicht mehr manövrierfähig war? Dem man alles erklären musste?

Du willst etwas wissen, das sich nicht lernen und nicht fälschen lässt. Warum soll ich dir antworten? Und wer weiß schon wirklich genau, ob er sich in die Person oder in die Liebe verliebte? Deine größte Leistung war jedenfalls, dass ich nach unserer Begegnung zum ersten Mal in meinem Leben romantisch lieben wollte.

Liebe ist die fehlende Vokabel, ist das, was nicht anders gesagt werden kann und was nicht gesagt werden muss, weil es sich selbst ausspricht.

Am Morgen hat man Geduld für den Vogelflug, weil man liebt, und für den Nebel über den Sträuchern und die Geräusche des Wachwerdens, man gibt an die Atmosphäre Wärme ab, man teilt sich und teilt sich und teilt sich und wird nicht weniger. Der letzte zu träumende Traum ist die Liebe.

Du gehst auf die Straße und wirst als die Liebende erkannt. In weicheren Konturen. Es ist wichtig, dass du sprichst, denn einem Menschen ist es wichtig. Es ist wichtig, dass du den Finger abspreizt beim Schuhe Zubinden, denn ein Mensch mag es so. Es ist wichtig, dass deine Zähne unregelmäßig stehen und dass du müde aussiehst am Abend, denn einer mag eben das.

Etwas auf der Welt ist nicht egal, etwas auf der Welt ist für dich am Leben. So fühlst du und über diesen Menschen hängst du an der ganzen Welt. Liebe ist der Selbstverlust, der dich werden lässt, was du wahrhaft bist, und wer muss noch festhalten an seinem Ich, wenn er liebt?

Warum ist die Nacht dunkel? Damit sich die Liebenden darin verstecken können. Warum ist der Winter kalt? Damit die Liebenden dicht aneinander liegen. Die Liebe ist Erdanziehung anderer Art.

Mir wird ganz schwindelig.

Hast du denn nie Zustände erlebt, in denen nur der Kitsch die Wahrheit sagt?

Lauter Widersprüche in sich, nicht anders als »Koma vigile«, wie der Arzt das nennt, das Wachkoma, auch ein Paradoxon.

Was du mir sagen würdest, frage ich.

Vielleicht sagst du ja: Rette dich!

Lass, ich bleibe, weil ich in der Mitte deiner Existenz stehe und trotzdem nicht aufhören kann, immer weiter einen Weg in ihre Mitte zu suchen. Lass mich inständig sein, ein Gelübde ablegen, irgendeines, in diesem Zimmer, wo die Wände noch wissen, wie dein Lachen klingt.

Als wir damals in die Grünentorgasse fuhren und vor dem Haus standen, in dem ich geboren wurde, hast du ein Kreuz geschlagen. Du! Ein Kreuz! Ich bin noch nicht darüber hinweg.

Jetzt habe ich an deinem Bett gekniet, habe versucht, in deinen offenen Mund hinein zu sprechen, ja zu sagen, ja und ja, ich bejahe dein ja, wir wählen uns, täglich, willst du … ja ich will, auch heute, ja, auch heute, ich wünsche mir, dass du starke, weiche, trockene Hände hast – prompt hast du sie, ich wünsche mir deine Oberlippe mit einem hohen Schwung, prompt hat sie ihn.

Es ist wie am Anfang aller Tage: Geht man oft genug einen Weg, wird ein Pfad daraus, später eine Straße, noch später eine Verkehrsader. Am Anfang war alles Allgemeine einmal persönlich.

Heute ist das anders: Was ich für mich bin, das kann ich auch für dich sein. Dein Leben beantwortet meines.

Manchmal liebtest du mich wie auf Zehenspitzen, so vorsichtig, als machte ich dir das weibliche Geschlecht erst genießbar. So möchte ich eingenommen werden, so möchte ich am Ende fallen wie eine Stadt.

Und jetzt? Wenn sie ganz strahlend wird, erlöst uns die Liebe sogar von dem Egoismus, der unser Leben zusammenhält. Aber über ihr liegt immer Gefahr. Man muss nur die Augen aufschlagen. Schon das ist gefährlich, das Blicken mit seelenvollen Augen.

Und nun soll deine Infektion, gefolgt von einer Ohnmacht, gefährlicher sein? Eine Entzündung und die Welt kollabiert? Wie weit reicht deine Erinnerung noch in diese Welt? Wo bricht sie ab? Meine Hand hast du ergriffen, »Mir wird schwarz vor Augen«, hast du gesagt, dann bist du auf den Rasen geknallt.

»Muss noch leben.«

Dann haben sich deine Augen nicht mehr geschlossen. Bis heute nicht. Du lässt mich nicht allein unter den Menschen, das tust du nicht. Du ringst um dein Leben für uns beide.

Einmal habe ich mich in der Klinik über dein Bett gebeugt – du weißt es, du musst es wissen – und mich direkt in deinen Blick geschoben. Da waren in deiner Pupille, im Geröllfeld dieser Farben aus Blau und Grau und Grün, die ich immer so mochte, da waren kleine Lichter, Reflexe vielleicht, ein Irrlichtern der Impulse. Ich weiß nicht, was es war, aber da war etwas, etwas Lebendes lief da durch deinen Blick.

Daran halte ich mich. Nicht an den Arzt, der nicht wusste, dass ich schon im Türrahmen stand, als die Schwester sagte:

»Aber dann lassen Sie ihr doch ihre Liebe!«

Und er erwiderte:

»Vielleicht ist diese Liebe nur die Leiche, der man nicht mal die Augen geschlossen hat.«

Reden sie oft so vor dir?

Wenn ich dich nicht liebte, wollte ich diese Lichter in

deinen Augen nicht gesehen haben. Näher war ich dir nie, tiefer habe ich nicht geblickt. Der Arzt redet in einer anderen Welt, ich höre ihn noch, aber ich verstehe ihn längst nicht mehr. Ich verstehe diese kleinen Lichter.

Vor kurzem haben Forscher zwei Ratten für ein Experiment in einen Bottich mit Wasser geworfen. Nach fünfzehn Minuten ist die erste ertrunken. Der zweiten hält man nach fünf Minuten ein Stöckchen hin und lässt sie kurz ins Trockene, bevor man sie erneut in den Bottich wirft. Sie lebt noch weitere fünfzehn Stunden.

Manchmal glaube ich, es geht gerade jemand über mein Grab, wie in der Legende. Aber wenn sich deine Hand verkrampft, wenn ein Schauer über deine Bauchdecke geht, dann weiß ich, du wirst gerade vom Leben gestreift.

Sind wir nicht noch im selben Leben?

Und ich sitze abends hier in unserer Wohnung und frage mich: Wie kann das sein, da erwacht mit dem morgendlichen Dämmerlicht ein Insekt auf dem Blatt eines Baums und findet es in seinem Tagesprogramm, eine Infektion auszulösen, ein menschliches Leben zu beschädigen, zwei vielleicht zu zerstören?

Ich versuche zu sein, nicht zu fragen. Ich will nicht mehr wissen, wo du dich aufhältst, ich muss nicht mehr wissen, ob du anwesend bist. Meine Rolle ist es, deiner Abwesenheit treu zu sein.

Vielleicht bin ich in deinem Blickfeld bloß ein Schatten. Vielleicht lachst du unsichtbar, wenn ich an dein Bett trete und mir die runden Augenbrauen der japanischen Hoffräulein geschminkt habe. Vielleicht bin ich ein Nebel, ein Trommelwirbel, ein bunter Matsch, ein Molekularmodell, vielleicht ein Begriff ohne Anschauung, eine Überzeugung ohne Begriff, etwas Undenkbares vielleicht: Ich.

Hörst du das Martinshorn, hörst du die Schwestern und Pfleger mit dir reden, langsam und überdeutlich? Sie meinen es so gut. Manchmal kneifen sie dich sogar. Ihre Geduld ist unerschöpflich.

Erreicht dich etwas Therapeutisches, bewegt dich die »basale Stimulation«, wie sie das nennen? Heilt etwas in dir, wenn sie dich berühren, wenn sie anfangen, dich dir selbst zu erklären? Kannst du Musik hören? Wie viele deiner Muskeln und Fasern und Sehnen und Nerven sind längst aktiv? Wie viele arbeiten schon richtig in dir und machen, dass du die Augen aufschlagen, dich aufsetzen und in mein Gesicht hinein staunen wirst, dass du lebst?

Es braucht hundert Muskelbewegungen, um einen einzigen Laut zu erzeugen. Ich höre nur dein Schweigen. Doch warum bilde ich mir ein, du winkst, wenn ich gehe, und noch auf der Straße seien deine Augen auf meinen Rücken geheftet? Und die Tränen liefen dir innen herunter, wenn ich in unsere Wohnung trete?

Komm, hast du am Anfang immer gesagt, lass uns fliehen, es geht nur so. Lass uns leben: Mit der Flucht, mit der Gewissheit, dass wir vielleicht nie tief genug voneinander wissen werden, aber aufgehoben sind, wo wir zusammen sind. Komm! Jetzt bin ich so weit.

Oder quälst du dich wieder? Glaubst meiner Treue nicht? Hältst du es für möglich, dass ich hinter all den

Worten, die ich hier mache, ausschwärme, den Nächsten suche, mich »hingebe wie eine gekitzelte Sau«, wie ich mal eine Hure reden hörte?

Glaubst du das? Glaub mir, meine Lust, Schwein zu sein, war getrieben von dem Mut, es zu sein, der Lust, es gewesen zu sein. Das ist vorbei.

Klingt vielleicht unser Tokio-Flug immer noch nach in deinem müden Kopf? Ist der Argwohn immer noch wach, bevor der Rest ihm folgt, die Liebe, die Zuversicht? Kannst du denn nicht diesen einen Augenblick, in dem wir nicht Wir waren, auf der hohen See des Vergessens versenken? Kannst du das Bild nicht einfach löschen, mir meinen Sturz ins Bodenlose lassen? Du weißt doch, wie es ist, so zu stürzen. Du kannst doch aus deinem Tod nicht auftauchen und dich ausgerechnet daran festgehalten haben!

Könnte ich mich nicht in das Bett zu dir setzen, mit angezogenen Knien, wie du es gerne hast, könnte ich mich nicht unter der Decke ein bisschen mit dir beschäftigen, und dabei so über die Schulter zu dir hinüber sehen? Wäre das denn so ... verwegen?

Warum bist du so scheu, wenn es um das Natürlichste geht?

Ich weiß, für dich ist das nichts Natürliches. Deine Geilheit hat Charakter. Dafür bin ich, gerade mal einen Monat nach unserer ersten Begegnung, von Tokio nach Wien geflogen. Die Wurzel von allem ist Sex, dachte ich. Aber gilt das auch für Meeresbiologie, antiquarische Bücher und Autorennen?

Ich wollte, dass sich nach unserer ersten Begegnung, den Mails und Briefen, sich die Poesie herunterschälte, damit das Sexuelle zum Vorschein käme, das Sexuelle als Realitätsersatz.

Das folgte der Hoffnung, rasch mit dir fertig zu werden. Es hätte sogar banal werden dürfen, zumindest hätte mich das entlastet. Ich war, mitten in meinem Zwei-Kontinente-Leben nicht scharf auf eine komplizierte Liebe. »Komplizierte Liebe« klingt wie »komplizierter Bruch«, oder?

Dann standest du da am Flughafen Schwechat hinter dem Halbrund der Absperrung – hättest du auch nur die kleinste Blume in der Hand gehalten, ich hätte mich auf dem Absatz umgedreht und wäre zurückgeflogen – und irgendwie entstand, während ich dich da sah und dir nur in die Augen blickte, der überwältigende Wunsch, wieder Dinge zum ersten Mal zu machen.

Sekunden hat das gedauert, doch das Gefühl blieb.

Und ich wartete auf die Dinge, die du mir beibringen könntest, und ich wartete auf das Eintreffen eines Gefühls so raumgreifend, wie ich es seit Mädchentagen nicht mehr gekannt hatte, und plötzlich war ich es, die endlich wieder zu jemandem sagen wollte »Ich liebe dich«. Ich weiß nicht, warum mir das so wichtig war, ich wollte es sagen und es sogar aufrichtig so meinen und schließlich nachsehen, wie sich das anfühlen würde.

Das tat ich, in derselben Nacht, geradewegs in deine Augen hinein und voller Verwunderung darüber, selbst liebenswert zu sein.

Am nächsten Tag war das Bett voller Blut, Whiskey, Haare, Flecken, Sperma, Asche, und dich biss dein Gewissen angesichts der Dinge, die du mit mir gemacht hattest, ja, da war dieser wolkig aufgewühlte Hintergrund eines Schamgefühls, vielleicht, weil du in unserer Raserei zugleich deine Bedürftigkeit verraten und den dir verhassten »Kontrollverlust« sogar über Stunden erlebt hattest. Aber ich hatte geantwortet mit einer ebenso verräterischen wie unersättlichen Lust auf deine Lust und mit der tiefen Freude, zuzusehen, wie du dir selbst verloren gingst.

Wenn ich daran denke, ist alles Haut und Haar, Geschmack und Aroma, doch die Unterschiede sind verwischt. Wir verbiegen unsere Gliedmaßen, machen uns passend und gefügig, du biegst mich unter dir zurecht, wie es dir gefällt. Ich fühle dich ankommen in mir und weiter und weiter wollen, weiter als du kannst. Die Haare fallen dir in die nasse Stirn, dein Blick geht konzentriert über meinen Kopf hinweg, du bist hitzig, du vögelst mich ehrgeizig, zielstrebig die Lust vor dir her treibend, während ich deine Fassungslosigkeit umarme und zittere, weil ich der Grund dafür bin, dass du dir gerade ganz und gar verloren gehst.

In dieser Nacht gab es Umarmungen, die ich mit dem Schmerz fühlte, nicht weiterzukommen. In dich hinein wollte ich, durch dich hindurch, und es gab große Umarmungen, in denen ich dich kaum spüren konnte vor Druck und Masse und Energie, und da drehst du dich am nächsten Morgen mit diesem abgeklärten Gesicht zu mir um und sagst:

»Es sind noch Tränen im Bett.«

Als dürften wir es jetzt erst einmal nicht benutzen.

Ich denke an dein Leben in diesem Körper, das mehr ist als er. Gerade so inständig möchte es ergriffen werden, wie du es gerade ergriffen hattest. Am liebsten würde ich dein Leben jetzt auch so ergreifen, absolut, ganz und gar.

Könnte ich nur mal eben zu dir, könnte ich dich nur weiter bereisen. Ich möchte dir gut tun können, möchte deinen Überfall parieren, lieber, zarter, zäher, durchscheinender und hintergründiger Mann! Ich werde dich finden, wo immer dein Inneres jetzt lebt, ich ziehe dich auf meinen Schoß, suche deinen Mund und höre dich. Sprich, sag, sag alles, langsam, langsam, noch immer tust du gut!

Dass ich dich liebe, habe ich dreimal gewusst: Das erste Mal, als ich die Scherbe auf der Steppe überflog.

Dann, als die Lust gerade vergangen und der Zustand dennoch der gleiche war. Du weißt, die Lust der Frau ebbt langsamer ab. Ich war aber wirklich über alle Lust hinaus, und trotzdem sehnte ich mich nach dir. Liebe enthält Spurenelemente von Heimweh. Ich aber war bei dir und sehnte mich immer noch.

Das dritte Mal war mitten am Tag, als ich, vielleicht zwei Wochen nach meiner Rückkehr nach Tokio, in Shinagawa die Straße überquerte, in der hellen Sonne. Ein livrierter Junge mit einer Packung Papiertaschentücher trat mir in den Weg, und plötzlich sah ich keine Einzelheiten mehr, auch den Jungen nicht.

Ich dachte immer, der Existenzialismus ist so etwas wie die Pubertät des Denkens. Dieses Herumfuhrwerken mit Leben, Sein, Schuld, Tat und Schicksal, das sei etwas für Kunsthandwerker. Aber heute weiß ich, die Liebe lebt so, zwischen diesen Säulen, und ich strecke die Hand nach den japanischen Taschentüchern aus und denke: Das Leben, das Leben!

Also gut, ich lag bei dir. Noch war es dein Wiener Bett. Deinen Schwanz hielt ich in meiner Rechten, mit meinen Lippen bewegte ich mich auf deine Lippen zu und flüsterte, dass ich dich liebe. Und du ziehst eine freie Hand hervor, legst mir den Zeigefinger auf den Mund und sagst:

»Solche Sätze gehören in die Nacht.«

Aber es war Nacht.

»Und was würdest du mit mir machen, wenn jetzt das Licht ausfiele?«

Und als ich mich an dich drückte, während ich so zum ersten Mal mit dir sprach, hattest du diesen typisch männlichen Gesichtsausdruck: Den kenne ich, das ist die Angst des Mannes vor der Lust der Frau. Manche Männer machen so ein Gesicht schon, da hat die Frau nicht einmal angefangen flach zu atmen. Habt ihr eigentlich immer Angst, überholt zu werden, die Sache nicht im Griff zu haben oder vielleicht nicht der ganze Grund zu sein?

Dabei war es doch längst so, dass wir mit Haut und Haar aneinander dachten, dass wir uns schon vor der Berührung berührt hatten, dass dein Mund wusste, wie er meinen Schoß finden würde, dass wir in einer Art Wiedererinnerung voneinander Besitz ergreifen würden. Was fürchtest du? Die Liebe ist doch mehr als der Überbau der Fortpflanzung!

Am Anfang steckte unsere Liebe in der frühreifen Phase, erinnerst du dich? Selbst unsere Sprache war so. Wir sagten, wir überlassen uns der Welle, wir finden das richtige Timing. Das war die leichte Zeit: Wir denken, wir tanzen, aber eigentlich straucheln wir hinein, bis wir sagen können, ja, jetzt surfen wir unser Verhältnis, finden die Welle, sie reißt nicht ab.

Und wie für alle Liebenden hielt die Zeit für mich den Atem an, und ich habe gedacht: Wir waren immer. Früher saß ich in Tokio in der U-Bahn, blickte von Anzug zu Anzug und tröstete mich: Mein Mann, der Mann für mich, ist schon geboren. In diesem Augenblick läuft er bereits irgendwo über die Erde und ahnt es nicht, dass er der eine ist, der kommen wird.

Dann habe ich ihn vergessen. Aber du hattest schon mehrere Etappen deines Liebeslebens hinter dich gebracht, als ich endlich abbog, zu dir zu finden und Mann für Mann hinter mich zu bringen. Die Zeiten, in denen du auf irgendeiner Weihnachtsfeier herumknutschtest, habe ich genutzt, um mich von jedem einzelnen falschen Mann wieder zu befreien. Um wo anzukommen? Bei niemand Bestimmtem.

Das geschah aber nicht, damit du dich zur gleichen Zeit nach der Mittagspause noch mit Fett verschmiertem Mund von einer deiner Auszubildenden befummeln und beknutschen lassen konntest. Ich gönne es dir, weil es vergangen ist. Gönne ich es ihr? Wäre ja noch schöner!

Du hast sicher deine eigenen Wege gehabt, dich von den Frauen enttäuschen zu lassen, um zu mir zu finden. Ich stellte dich mir vor in deiner Werkstatt im Kreise belesener Praktikantinnen und fühlte Eifersucht auf so ein lackiertes Dämchen, das am Abend sein einziges Kostüm anlegt und dir beim Essen schöne Augen macht, und du sagst: So habe ich Sie ja noch nie gesehen! Was du eigentlich sagen willst: Wie konnte mir entgehen, dass Sie geradezu eine Sünde wert wären! Und am nächsten Tag beugst du dich über ihre Arbeit und erläuterst ihr den Floraldessin im Faltenwurf spätgotischer Darstellungen der Grablegung Christi. So klein, so dürftig.

Du wirst sagen, dem gegenüber hätte ich mir mein Liebesleben eher im Stil der Neuen Sachlichkeit eingerichtet. Aber wie pragmatisch ich auch gelebt haben mag: Glaubst du vielleicht, es sei leicht, aus der Kunst seinen Lebensinhalt zu machen und keine Romantikerin zu sein?

Man muss die Liebe retten, selbst wenn es niemanden mehr gibt, auf den sie passt. Das verteidige ich.

Du dagegen warst am nächsten Morgen reservierter. Man hält diese Sätze gegen das Licht und liest das Wasserzeichen:

»Lass uns langsam sein.« »Wir wollen jetzt nichts überstürzen.«

Und: »Ich kann nur unglücklich verliebt sein.« Und: »Ich will, dass du frei bist.« Und dann diese originelle Warnung: »Vorsicht, ich befinde mich auf dem Desillusionsniveau eines Achtzigjährigen.« Weißt du noch?

Während du uns gerne versachlicht hättest, sah ich mich danach um, wie sich diese Wohltat von einem Gefühl noch steigern ließe. Ja, es war nicht leicht, aus der synchronen Besessenheit der Nächte den Weg in die eigenmächtige Bewegung der Körper am nächsten Morgen zu finden.

»So ein Temperatursturz ist fast verletzend«, sagte ich endlich, es war schon Mittag.

»Zu wenig ist die Liebe immer«, war deine Entschuldigung.

»Ich habe nicht von Liebe gesprochen«, erwidere ich.

»Daran kannst du dich schon mal gewöhnen«, sagst du. »Was erwartest du?«

Dass du von der Zukunft sprachst, hat mich – ja, das funktioniert immer – heimlich gefreut. Aber in der Sache wusste ich nicht weiter. »Schon mal gewöhnen« ist nicht unbedingt, was man am Morgen danach hören möchte. Deshalb habe ich, nach all deinen Anstrengungen, uns Probleme zu machen, Entfernungen zwischen uns aufzureißen, Unterschiede herauszupräparieren, Flugstunden und Besuchsfrequenzen aufzuzählen – deshalb habe ich gesagt:

»Du sollst mich ergründen, nicht ermitteln«, und du sahst mich an mit diesem riesigen Gesicht der Erwartung. Ja, wir würden weite Wege gehen können.

Jetzt wird es Zeit, menschlich zu werden, dachte ich, und liebte in Bausch und Bogen, als gälte es erst jetzt.

Ist das immer so? Dass man »jetzt« denkt, jetzt bin ich verliebt, »nein jetzt«, »nein, jetzt erst« und so immer weiter. Wie waren sie schön, die kurzen und fast unmerklichen Tage, in denen ich verliebt war und doch die Liebe noch hätte lassen können. Unter Umständen.

Mit der Liebe beginnt der Abschied von ihr.

Aber das war nicht die Wahrheit dieses Tages.

Denn auch wenn ich so selbstbeherrscht klang, eigentlich hast du in all der Zeit geführt, und ich habe es geliebt, mich in deinen Arm zu legen, um besser fühlen zu können, wie du meinen Körper mit Schenkeldruck bewegtest.

Und ich werde federleicht. Ob ich uns noch scharf sehen kann, weiß ich nicht, aber du bist dieser seltene Fall, in dem gerade die Kraft etwas so Rührendes, so Bewegendes hat, dass man dich trotz deiner stillen Überlegenheit dauernd in Schutz nehmen möchte.

Eine zweideutige Konstellation ist das, und eine schöne, die die Wahrnehmung zum Flirren bringt. Du führst, und doch bin ich dir voraus. Ich überlasse mich dir und unterstelle dich meinem Schutz. Je länger ein Abend mit dir dauerte, desto öfter sind wir diese Wege gegangen.

Wie du dich unter meiner heimlichen Beobachtung verändertest, für mich warst, nicht für dich! Instabil waren wir geworden, als wir uns der Liebe näherten, weicher gezeichnet, zögernd, schwankend. Ohne die Absicht, an uns festzuhalten, haben wir uns beide aufgegeben, um uns so erst wirklich zu gewinnen.

Warum auch nicht? Liebende sind sich selbst genug, sie müssen nach außen kein Bild abgeben. Das macht ihr Bild so besonders. Wir haben das große Wort kaum benutzt, es sei denn ironisch, in hörbaren Anführungszeichen. Gedacht haben wir es trotzdem ohne.

Voraussetzung für die Liebe ist ja beides, dass man sie fühlen kann und dass man fühlen kann, wie sie gefühlt wird. Nur damit war ich anfangs manchmal allein.

Was es ist, dass dich immer wieder so durchlässig erscheinen lässt, ich weiß es nicht. Aber manchmal warst du grob mit dir, mit mir, oder war es nur gespielt? Dann wirkte die Lieblosigkeit in deiner Rede wie eine Zwangsvorstellung, als müsstest du in einer eigenen Paranoia auf einen ganz bestimmten Punkt zugehen.

Ist das der Punkt, an dem du nicht geliebt wirst? Bist du so besessen davon, dass hinter der Liebe nichts ist?

Ist das die Wirkung deiner Mutter?

Manchmal entstammt deine Stärke direkt deiner Schwäche. Wenn du abrupt bist, verschwindest, einen Tisch mit Gästen verlässt, um stundenlang nachts durch die Stadt zu gehen. Dieses Theatralische, deine Neigung zu posthumem Handeln, war das immer schon in dir? War das von Anfang an der Nasskern deines Bewusstseins?

Wir kannten uns schon Monate, da saß ich einmal dem – darf ich das sagen? – begehrlichen Herrn van Deelen, einem niederländischen Asiatika-Sammler, gegenüber. Er war unmöglich, esoterisch, ein Hinterweltler, Produkt von Erdstrahlen, Wasseradern und kosmischen Spannungen, daneben der Verwalter einer tollpatschigen Libido, von der er in wolkigen Worten sprach.

Schon sein Lachen, seine laute Stimme, aber auch seine durch den Weltraum rasende Dummheit waren eine Zumutung, mehr noch seine halbherzigen Versuche, mich zu berühren und auf seine Seite zu bringen mit Bruderschaftsküssen und seltsamen Wetten, auf die ich nie einging.

Manchmal aßen wir zusammen. Ein schauriges Vergnügen, denn seine Referate ließen mich daran verzweifeln, wie groß die Unterschiede zwischen Menschen sein können, und ich blickte, während er redete, nur desto inniger auf dich und dachte mit schlechtem Gewissen: Gut, dass wir so nicht sind!

Dann stellte ich ihn mir privat vor, sein Gesicht über dem Bett einer Frau, seine Erschöpfung nach der Arbeit, sein Händewaschen, seine Zärtlichkeit, seine im Glas wartende Zahnbürste, und plötzlich kannte ich ihn nicht mehr.

Dann ist seine Frau gestorben. Ihr Hirn floss voller Blut, überschwemmte sie innerlich. Er saß da und sah zu. »Ach«, hörte ich ihn sagen, der an nichts als an ihren Tod denken konnte, »ach, ach, ach.« Und als sie gestorben war, hielt er eine Rede, zählte auf Holländisch eine Menge Sachen auf, die ich nicht verstand, und schloss mit den Worten: »Dat blieft.« Da war er mir so nah wie nie.

Und für einen Moment kannte ich dich nicht mehr. Du bist kein Mann mit Hand und Fuß für mich, dachte ich, du hast diese attraktive, ein bisschen vulgäre Seite nicht, es steckt kein Schwerenöter in dir.

Aber es gibt etwas Männliches, Spießgesellenartiges, Komplizenhaftes zwischen euch. Ihr würdet euch auf der Toilette zunicken, euch erkennen. Ihr würdet diese kleine Grimasse schneiden, mit der Männer sich sagen, dass es schwer ist, Mann zu sein, dass man mitten in der Arbeit steckt, dass man es schon schaffen wird. Weil er war, wie er war, durftest du nicht, nein, in nichts so sein wie er, und mein Privileg war es, mitten in diesem Zeremoniell das Rührende an euch zu erkennen, das rührend Männliche.

Was, fragte ich mich, an die Tränen, aber auch an die Avancen dieses Herrn van Deelen denkend, was ist deine Empfindsamkeit? Was tust du, statt halbernst gemeinte Eroberungen zu versuchen? Fährst du Wagenrennen wie Ben Hur? Lebst du mit deinen Büchern eher die Gefühle anderer oder teilst du deine eigenen nicht mit? Irgendwo gibt es eine Todeszone rund um das große Gefühl bei dir. Das macht dich selbst dem wirren van Deelen gegenüber unterlegen.

Am Anfang wirktest du auf mich wie ein Sammler von Großaufnahmen. Alles stand für sich, war einzig- und ausnahmeartig. Reden konntest du, aber das Gefühl kam noch nicht mit. Deine Begabung war rhetorisch-technisch, und dauernd steigertest du die Dosis. Ich sagte es dir.

»Eine Liebe, die sich nicht radikalisiert«, hast du geantwortet, »ist keine Liebe.«

Wie du manchmal redest, so großspurig in kleinen Dingen! Aber dann, als wir gesellschaftlich auffällig wurden, bekam diese Liebe etwas Lästiges, nicht wahr? Du kriegtest Angst vor deinem Mut und fandest, wir sollten sein wie alle. Die wahre Liebe ist die unscheinbare? Nein. Nie.

Da fragte ich mich, wer du bist, musste aber, um das zu wissen, einen Schritt zurücktreten. Das ist weiter, als ich mich eigentlich von dir entfernen kann.

Aber wenn ich dich später unter Freunden in einem Restaurant beobachtete, auf deiner Weihnachtsfeier in der Ecke saß oder zusah, wie du die Ankommenden begrüßtest, dann konnte ich ganz kurz in dieses andere Leben sehen, das Leben, zu dem du auch imstande gewesen wärst und das du ohne mich geführt hättest. Immer legtest du deinen Gästen die Hand auf Arm oder Schulter, warst immer per du. Ein bisschen jedermanns Vater, Gatte, Bruder, Freund.

Positiv gesagt: Wo du warst, waren immer gleich Gefühle im Raum. Ich bin sicher, du könntest noch dem Wasser im Aquarium und der Tapete auf dem Klo Gefühle abverlangen. Das Abwarten und Kommenlassen ist deine Sache nicht. Dauernd hast du neue Trabanten, steckst dauernd die Leute mit deiner Freundschaft an, und wirst dabei für mich immer weniger.

Sie tragen dich in alle Himmelsrichtungen, als wärst du schon tot. Du wirst verstreut über die Erde wie Asche. Du gehst in den sozialen Naturkreislauf ein, sprichst jedermanns Gefühle aus, lachst ein Lachen, das allen gehört, ja, du bist korrupt. Aber das eine große und erschütternde Gefühl hast du nie ausgesprochen.

Du kannst nicht einmal jemanden überzeugen, ohne ihn gleichzeitig erobern zu wollen. Hör auf, böse gesagt, ging es dir an allen diesen gesellschaftlichen Abenden nicht um Ideen, es ging um Geilheit. Du hast irgendeine ins Auge gefasst und gedacht, sie soll mich bejahen, und ich sehe mir diese Auszubildende an und die Praktikantin neben ihr und die kleine Restauratorin mit der Brille an der goldenen Kette, und denke: Pfui Teufel, wie armselig muss einer sein, sich von denen bejahen zu lassen!

Wie viele Menschen verbraucht man so in einem Leben?

Ich sehe dich an und denke: Wie soll ich ihn kennen, wenn eine Feier unter Angestellten und Geschäftsfreunden ausreicht, ihn so zu verändern, wenn ich im Grunde nicht weiß, wie er begehrt, also, wie er mich braucht, wie er irgendeine Frau braucht. Wird er sie verbiegen müssen, beherrschen, sich ihr unterwerfen, wird er ihr begegnen wie einer Freundin, Komplizin, Sympathisantin? Wie lautet das Passwort, das sein Innenleben öffnet?

Nicht beantwortet, nur weiter weggerückt sind diese Fragen heute.

Während der Feier ging ich in die Küche, setzte mich mit einem Glas an den Tisch mit den leer gegessenen Schüsseln und hörte den Stimmen zu. Der Abstand tat gut, weil da etwas war, das sich überbrücken ließ. Ich folgte deinem Tonfall, und am Ende, dachte ich, werde ich dich ganz sanft aus allen diesen Zusammenhängen herausnehmen und mich mit dir in die Büsche schlagen.

Dann traf mich, wenig später, also mitten am Abend, auf einer Diagonale quer durch den Raum schießend, ein einziger Blick von dir. Ein Blick, der Gefangene macht. Wir waren sofort wieder verbündet, gegen alle Anwesenden, aber gegen alle Abwesenden auch. Alle Türen standen offen, dein Lächeln, so fein es auch war, glühte, und ich fühlte mich zu allem bereit, zu allem fähig. Das ist das Glück, dachte ich.

Bis zu diesem Zeitpunkt hätten wir noch sagen können: Wir lieben uns aus vorübergehender Ähnlichkeit.

Vorbei.

Stellte ich dich zur Rede, deiner gestreuten Aufmerksamkeit wegen oder weil dein Verhältnis zu deinen Angestellten nicht ohne Zweideutigkeit auskam, dann konntest du lamentieren:

»Du verstehst mich nicht.«

»Was willst du«, frage ich, »verstanden oder geliebt werden?«

Sei froh. Besser, du machst, dass ich dich nie ganz verstehe, nie.

Und in all der Zeit habe ich sie immer konserviert, die Angst vor deinem zweiten Gesicht. Da schält sich noch was ab, dachte ich, plötzlich hast du Hausschuhe, einen hässlichen Hund, glaubst an Astrologie, hörst Jennifer Lopez, verwendest Vokabeln wie »aufgekratzt sein« oder opferst dein Glück der Pflicht. Irgend so etwas kommt immer. Dann der Schrecken: Vielleicht ist er nicht, wie ich glaubte, vielleicht hält er nur eine Lüge aufrecht und ist darin besser als im Lieben.

Schließlich kann man jemanden wollen und ihn nicht kennen, man kann sich hingeben und nicht einmal die Abstoßung überwunden haben. Das Widerspenstige in der Liebe ist ihr Gewürz. Auch vibriert sie ganz anders, wenn noch Angst in ihr ist, Angst vor der Entdeckung des Unerträglichen, Angst vor dem Ausbruch des Perversen, Angst vor der Entfesselung des Privaten. Das ist ungefähr so, wie die Todesangst das Fleisch des Jagdwilds würzt.

Die Angst gibt dem beginnenden Verhältnis seine Größe. Aber gleichzeitig könnte ich mit niemandem zusammen sein, der mich nicht rührt. Ich muss ihn klein werden sehen. Wenn du nachts in der Küche über einem Mojito hängst und in all deiner Müdigkeit immer noch sprichst, wenn dein Gesicht plötzlich wieder etwas Bübchenhaftes kriegt vor Erschöpfung und ich in den hellen Höfen um deine Augen diese Kindertraurigkeit wieder finde, wenn du nichts willst, als zu verschwinden, und ich es bin, bei der du den Weg in dein Verschwinden suchst. Die wahre Anziehung eines Menschen verdankt er wohl seinem unerfüllten Leben. In deinem lag etwas Rührendes.

Aber da ich mich ja entschlossen hatte, auch dein Betthase zu sein, konnte ich gut unschuldig tun, deinen

Kopf zwischen meine Brüste ziehen oder meine Hände über dein Gesicht legen, während du dich schlafend stelltest, und schon sah man keine einzige Träne, nur noch ein haarfeines Lächeln.

Ich rede nicht leicht mit Frauen über so etwas, aber komisch, kaum kommt es irgendwo zum girl's talk, sagt eine todsicher, sie habe Angst, die Männer könnten sie nicht »um ihrer selbst willen lieben«. Mich konntest du gar nicht anders kriegen.

Aber dieses Tasten, Suchen, Schritte tun, Gesten probieren! Manchmal ist mir die Liebe vorgekommen wie eine Versuchsreihe zur Entdeckung der unzerstörbaren Person. Nachdem man alles entfernt oder geteilt hat, nachdem man aufzugeben bereit ist und vor dem Paar kapituliert – was bleibt? Kommt jetzt der Aufstand, die Rebellion der unterdrückten Person? Wird sich also, was man verloren hat in der Liebe, eines Tages gegen sie erheben?

Was ich sagte, war: »Dein Leben überschwemmt meines.«

Was ich nicht sagte: Mein Leben verliert seinen Gegenstand, sein Thema. Ich fühle, wie gegen meinen Willen dieses Leben durch dich beginnt und endet, und ich habe eine höllische Angst davor.

Selbst deine anfänglichen Versuche, dich meinem Körper ironisch zu nähern, habe ich nicht als Kränkung verstanden, eher als Unbeholfenheit. Schlecht verhüllter Appetit, mein Freund:

»Verehrter Arm, machen Sie mir die Freude und legen Sie sich mal gerade um meinen Hals. Danke.« Oder:

»Wenn Sie jetzt die Güte hätten, mal eben Ihre Beine

zu spreizen, damit ich besser sehen kann? Sie sind dabei? Danke. Allerliebst.«

Selbstsicherheit klingt anders. Einer Frau nicht als Frau zu begegnen, eher als Schaufensterpuppe, das kränkt jede, die sich nicht ihr Selbstbewusstsein hat aufspritzen lassen. Gleichzeitig habe ich mich da auf den Augenblick gefreut, in dem ich deine Begierde nackt und direkt sehen würde.

Nimm diese ersten gemeinsamen Wochen – ein paar Abendessen, einen Empfang mit deinen Angestellten und Privatkunden, aber eigentlich haben wir in dieser Zeit ein menschenleeres Leben geführt und uns in jeder Hinsicht übereinander hergemacht. Ich trug dieses trägerlose, blau-weiße Kleid aus dem Takashimaya-Kaufhaus, das du so gerne mochtest, dass ich es gleich noch mal in Rot-Weiß gekauft habe. Ich weiß noch, wie du mich darin geküsst hast, den breiten Stoffgürtel lösend, und wie du die Reißverschlüsse hinten und an der Taille nicht finden konntest und ich deine Hände führen musste.

Es ist seltsam, Menschen werden zurückblicken auf einen Abschnitt ihres Lebens, sie werden nicht wissen, wer an der Macht, wer in den Charts war oder wie die Börse stand, aber sie werden wissen, was sie in der Zeit, an der sie kaum teilnahmen, anhatten, ob es schick war und wie sich das Leben in solchen Kleidern anfühlte.

Manchmal versuche ich im Rückblick auf diese Zeit, mich in meinem eigenen Leben zu identifizieren wie auf einem dieser Zeitschriftenbilder mit der Überschrift: Finden Sie den Fehler! Ich stehe da in dem Blau-Weißen aus dem Takashimaya, sehe mir in die Augen und suche.

Einmal ist es das Glück und auf dem anderen Glück ohne Glück.

Ich weiß nicht, was es ist. Ich sehe so konturlos und schwimmend, so weich gezeichnet aus mit meinem Allerweltslachen. Malt das Glück solche Gesichter? Verallgemeinert es? Nur die Verzweiflung trennt uns.

Im Nachhinein faszinieren mich diese ersten Fotos von uns, die Polaroids, die du am langen Arm gemacht hast, und auch die späteren aus der Stadt, die wir von den Passanten machen ließen. Sie haben etwas, das wir nie wieder hingekriegt haben. Ferienfotos. Die beiden darauf gucken, als wollten sie nichts, nur zusammenrücken, lachen, sich im Arm halten und nicht fühlen, wie riskant das ist: Zwei beginnen zu lieben, aber sie wissen doch, für den Apparat und für die Passanten sind sie bloß ein Motiv.

Diese Fotos verraten auch: Wir traten eben erst zum Glück über, und das wie zu einer Religion. Man hat ja in dieser ersten Zeit einer Liebesgeschichte dauernd das Gefühl: Jetzt erreichen wir das Wesentliche. Man sieht zu, wie mit einem Mal alles von innen beleuchtet ist, wie es glüht. Die Metamorphose hat begonnen, man möchte sie abschließen und alles werden in der gemeinsamen Welt: Baum, Strauch, Schirm.

Doch während es noch so ist, bricht auch schon das Dilemma des ganzen Lebens in der Liebe auf. Es geht ja um alles, und alles, alles drängt auf die Bühne: Die Unfähigkeit, bei geschlossenen Fenstern zu schlafen, das ungeklärte Verhältnis zum Vater, die entzündete Flechte in der linken Leiste, Else, die zu viel und zu laut redet, ich weiß, und die trotzdem meine Freundin ist, der Oberlippenschweiß in der Nervosität, die hektischen Flecken, das unkontrollierte Zusammenziehen der lotrechten Stirnfalten, tausend Dinge dieser Art, und sie alle lassen mich meinen Gleichmut verlieren und meinen Zustand gegen einen tauschen, der sich jedenfalls nicht besser anfühlt.

Verliebtheit ist eine Suchterscheinung, Suchtgefährdete lieben anders, bedürftiger, im Grunde hilflos. Und was für eine Sucht! Süchtig nicht nur nach Gesicht und Körper, Stimme und Haltung, sondern danach, unvernünftig zu sein, gehört zu werden, jeden Moment zu multiplizieren mit dem Liebsten, der Liebsten.

Es ist schön, Gesten bedeutungsvoll zu platzieren, schön, die Routine jedes Tages zu zerstören durch diese kleinen Szenen: Ich telefoniere, du zeigst mir eine Platte, die du auflegen willst, ich nicke; du kommst mit der Zahnbürste im Mund aus dem Bad und teilst mit mir, in der Tür stehend, den Anblick des Fernsehbildes; du gehst im Restaurant zum Klo und an deinen ersten Schritten spüre ich, wie du meinen Blick auf deinem Hintern fühlst, du gibst ihm ironischen Schwung; ich komme aus dem Bad und sehe, wie du deine Nase in meinen Seidenschal senkst; du steigst vom Bürgersteig zwei Stufen einer Treppe zum Souterrain hinunter, damit du mich besser küssen kannst. Du schenkst mir Küsse zum Geburtstag und beginnst sie, laut zählend, über mich zu verteilen, und du hast diesen Blick, der sagt, ich weiß, dass du weißt, dass ich weiß…

Ja, du kannst lieben. Schlechter bist du im Geliebtwerden. Aber du kannst lieben.

Ich darf gar nicht daran denken, und ich kann mich

an den Gedanken auch noch nicht gewöhnen, morgen nach Tokio zu fliegen, um dort mein altes Leben aufzulösen. Ich muss nur daran denken, und mir ist zum Heulen.

Als gäbe Tokio am Ende noch einmal alle seine Suchtstoffe frei! Auch das war doch mein Leben, mein erstes erwachsenes Glück. Die Fremde der unverständlichen Psychologie, der anderen Begierde. In Japan wird täglich mehr Papier mit Pornografie bedruckt als mit Zeitungsartikeln. Das merkt man der Zeitung, das merkt man den Lesern an. Ich glaube, Frauenverachtung ist ihre Potenzhilfe, und weißt du was, es stört mich nicht.

Einmal fragt mich ein Mann in der Shopping Mall, ob ich wohl Freude empfände über gelegentliches Gelecktwerden. Du denkst, unglaublich, dieses Japan, und bist nicht einmal aufgebracht. Und das zumindest ist ja wie bei uns: Den meisten fällt es leichter, in der Öffentlichkeit obszön zu sein als sentimental.

Wann hat sich das eigentlich verändert, dass das Zarte kein Vorzug mehr ist, sondern das Gegenteil von cool? Hier in Japan … ich meine, in Japan ist das Kultur. Im Westen ist cool nur eine Maske der Teilnahmslosigkeit, oder? Eine Haltung, die man schnell simulieren kann. So sieht ein abgeklärtes Leben nur aus, wenn man nicht mal mit den Zehenspitzen drin war.

Japaner sind zu förmlich, um cool zu sein. Deshalb hatten sie immer schon ein Faible für Pornos. Und sie können nicht küssen. Daran siehst du, wie fremd ihnen die Verschwendung des Persönlichen ist.

Ich habe nichts dagegen, dass sie von diesem Persönlichen, sogar Intimen bei uns umso faszinierter sind. Ich arbeite im Kunsthandel. Aber wenn ich in das Gesicht meiner Kunden blicke, frage ich mich: Wo kommt nur bei ihnen allen, im Westen wie im Osten, diese romantische Verehrung des Kunstwerks her?

Sie verstehen wenig davon, halten eine Tuschezeichnung, ein Fächerblatt für schnell herstellbar. Was »groß« daran genannt werden könnte, wissen sie zwar nicht einmal wirklich, doch lieben sie es, bezahlen es teuer wie eine fremdartige Leistung, ein Objekt aus einer anderen Ordnung. Es fasziniert sie daran das schlechthin Andere.

Seit die Kunst in den öffentlichen Besitz übergegangen ist, redet überall das Volk mit. In Japan wird sie an die wenigen zurückverteilt, und sie entsteht inzwischen auch nach deren Vorstellungen. Ich stehe dazwischen.

Vielleicht bin ich im Dezember schon wieder zurück. Sei ohne Sorge, ich lasse dich nicht im Stich. Und womit sollte ich mich auch beschäftigen, wenn nicht mit dir?

Und doch ist da neben der Entbehrung, die ich schon fühle, auch eine Art Heimweh nach Tokio. Am offenen Meer zu sitzen, und es stellt sich tot, schiebt seine Wellen fast geräuschlos gegen den Kai, und die Gischt zerflattert wie ein geplatztes Kopfkissen, das ist für immer schön und nur in Tokio wirklich.

Danach kehre ich heim zu dir. Eigentlich will man doch vor allem in einem Blick ankommen, oder? Noch ein paar Monate also, und ich werde dir gegenüber sitzen und genau diesen Blick suchen. Vielleicht werden wir wenig sagen. Wahrscheinlich nicht. Vielleicht werden wir unsere Blicke mal machen lassen. Wahrscheinlich nicht.

Rashid! Dieser Name verwandelt sich immer und immer noch in einen Kosenamen, und alles andere, unsere Spiele, unsere Körperlichkeit, alle diese Dinge brauche ich nur, um unsere Intensität zu steigern.

Weißt du, das Schöne an der Liebe ist, dass sie einem alles eröffnet, was in der Welt und unter Menschen möglich ist. So fühlt man sich dauernd versöhnt, weil man auch die Anderen von ihren Extremen aus versteht. Das Heikle daran ist nur: Man wird immer zugleich in die Gemeinschaft der Lebenden eingeschlossen und aus ihr herausgeführt.

So wie bei meinem zweiten Wien-Besuch, als es immer noch etwas Besonderes war, Rashid und Valerie zu sein. Heimlich suchte ich etwas Objektives im Glück. Das Unfassbare daran ertrug ich nicht, wollte seine Abmessungen, seine Grenzen kennen, wollte abreisen dürfen mit Namen, Geständnissen, notfalls Bedingungen, Einschränkungen. Nur klar sollte es sein, nicht bloß anders.

Manchmal sind wir dann über die Straße gegangen und haben uns die Gesichter der Entgegenkommenden in der Lust vorgestellt, ihre Gefangenschaft in der Begierde. Sie werden sich nicht los, die Braven blöken, die Harten metzeln, und wir sehen auch nicht besser aus.

Ich wusste nicht, *wie* du mich begehrtest, ich sage nicht: warum. Und plötzlich weiß ich: Es gilt wechselseitig, du bist ja auch mein Überleben, und ich rette dir genauso das Idol der Liebe.

Warum wachst du nicht auf zu uns? Wie viel Körper

tut uns gut? Warum verbringe ich den Tag mit der Beantwortung von Fragen, die mir nicht gestellt werden? Warum habe ich keine roten Schuhe?

Vorgestern hat meine alte Freundin Polly geheiratet. Zerbrich dir nicht den Kopf über sie, du hast sie nie kennen gelernt. Sie und Fabi sind anspruchslos genug, glücklich zu werden. Sie ist groß und stark, er sanft und zerbrechlich. Sie hat ihn mit dem Nacken zwischen den Zähnen vor den Altar geschleppt, und schon bei Tisch zeigte er das halbe Repertoire seiner Unterwerfungsgesten. Das haben beide gern.

Doch welchen Gedanken sollte ich dir widmen, während ich da saß und den Brautvater sagen hörte: Ich habe keine Tochter verloren, sondern einen Sohn gewonnen? Das sind echte Fragen!

In der Nacht flog das Champagnerglas mit dem gellenden Schrei »Will deine Blondine sein« gegen das Gemäuer der Hochzeits-Scheune, am Tag darauf saß ich hier, pflichtschuldigst verkatert, und will dich heiraten. Denn so, wie die das gemacht hatten, kann man es nicht machen. Auch in der Disziplin sind wir weiter.

Sechzehn wiegende Häupter vor der Tanzfläche, auf der die Frauen in Gardisette-Gardinen-Gewändern Bewegungen machen, vor denen die weltläufigen Männer zu Recht die Flucht ergreifen – das kann nicht gut gehen. Na ja, vor der Tür lag die Natur, da hat man immer etwas Tröstliches. Ich aber stehe da draußen und denke: Es ist gut, dass die Ehen vor die Hunde gehen. Dazu sind sie da. Niemand soll denken, dass es Sicherheiten gäbe. Niemand soll sich auf etwas anderes verlassen als auf sich. Wenn überhaupt.

Was ist? Hat dein ungeküsster Mund keine Angst, untätig zu sein? Hab von ihm jederzeit bedroht und beglückt gelebt, mich in ihn geworfen und mich vor ihm versteckt, mit einer Erregung, die ich da unten spürte, fein wie ein Fähnchen im Wind. Erst warst du nicht mehr als ein apartes Gesicht in einem drögen Anzug. Dann wurdest du glanzvoll und verworfen, ganz wunderbar wurdest du, entpuppt hast du dich und breitetest dich über die Tage aus.

Und jetzt: Nur noch Atmen? Soll dieser Mund seine Kräfte damit vergeuden? Nur Puls? Hat dein Herz nichts Besseres zu tun? Irr dich nicht, deine Aktivität ist bis hierher spürbar. Du lebst in Schüben.

Warum lässt du mich warten? Verstehst du meine Frage nicht, die einzige Frage, die ich mit all diesem Reden und Gestehen hier wirklich meine, die Frage, die ich mir genauso stelle wie dir: Kann Liebe Leben retten?

Hörst du? Antworte! Aber beantworte nicht meine Frage, beantworte mich!

Und beeil dich. Das Leben wartet nicht. Ich warte.

Und ich möchte streng mit dir sein: Alles, was ich tue, muss dich bewegen, alles, alles musst du beantworten. Wenn ich dich küsse, musst du zittern, wenn ich nach dir greife, musst du nach mir gieren. Wenn ich dir in den Schritt fasse … Es ist merkwürdig, wie der Mann sich verändert, wenn man ihm in den Schritt fasst. Als würde die ganze Person umgestülpt. Aber du, du hast mich so oft bloß unverwandt angesehen und bliebst dir gleich. Noch einmal bitte! Auf alles musst du eine Antwort haben, bitte, lass mich nicht, nie ohne Antwort.

Seit ich dich liebe und das auch vor mir selbst nicht

mehr verberge, habe ich keinen anderen Beruf. Was soll das auch heißen: Ich bin Kunsthändlerin, bin Sachverständige, bin Kuratorin? Ich *bin* doch nicht mein Beruf, ich übe ihn nur. Aus.

Liebe ist kein Gefühl. Sie ist mein Medium. Ich bin die Frau, die deine Frau ist. Wenn es nicht um das Werden, das Müssen, das Können, wenn es um das Sein geht, dann ist unser Sein alles, was ich habe. Und ich versuche dich auch in dem zu verstehen, was außer uns liegt. Gerade bin ich in das Gebäude deiner Arbeit eingetreten. Es ist alles Höhlenmalerei, was ich finde, lauter seltsame Zeichen, verschlungene Bedeutungen.

Manchmal habe ich dich angesehen, wenn du hier saßest, in deinen Katalogen blätternd, Röntgenaufnahmen mittelalterlicher Skulpturen zum Vergleich nebeneinander legend, Notizen machend. Was fasziniert dich so an ihrer Zweimal-, Dreimal-, x-mal-Bemalung? Was sind das für Heilige, denen jede Zeit eine neue Fassung gegeben hat? Was soll das für eine Ewigkeit sein, die mit jeder künstlerischen Epoche endete, weil sich eine andere darüber legte? Ist für die Kirchen denn die göttliche Liebe ein Saisongeschäft? Was sind das für ewige Meisterwerke der Kunst, die jeder Pfarrer nach Lust und Laune übermalen lassen kann? Unsere Idyllen kommen mir dagegen so zeitlos vor.

Ja, es brüskiert mich, dass du auch außerhalb der Liebe existierst, dass du von etwas lebst, arbeitest und sogar etwas davon verstehst. Es ist eine Blamage für mich, dass du für irgendetwas anderes die Stirn runzeln, deine ganze Zuwendung erübrigen kannst. Und was hast du am Ende?

Die erste Magdalena, die auf dieses Holz gemalt wurde, das Urbild, so langhaarig wie die letzte, die später darüber gemalt wurde; eine nackte Agnes mit Feuer und Schwert, eine Agathe, Christina, Barbara mit herausgerissenen Brüsten; eine vom Pfeil durchbohrte Ursula, eine leidende Lokalheilige mit ihren herausgerissenen Augen in einer Silberschale. Nur Opfergesichter, nur Leidensmienen! Ich frage mich selbst: Wie liebt man bloß so einen kunsthistorischen Bestattungsunternehmer?

Schäm dich, von so etwas, und schäm dich, außerhalb von uns zu leben! Wie kannst du, statt das Leben in mir zwischen deinen beiden schmalen Händen zu halten, vor dem Kruzifix sitzen und die Chromatik zwischen dem Grün des verblichenen Körpers und dem Ultramarin des Brusttuches in dein totes Vokabular übersetzen! Schäm dich deines nüchternen Umgangs mit Märtyrerinnen wie mir!

Schau mich an! Deine Lokalheilige. Die Welt hat sich von mir losgesagt, daran erkenne ich, dass ich liebe. Es ist nicht meine Welt, aber du findest dich blindlings in ihr zurecht, und es ist eine Strafe für mich: Unter anderen werktätig zu sein, geschäftig, zeitgenössisch wie alle.

Am Anfang wollte ich nichts, gar nichts sein und tun wie andere, die sich auch Liebende nennen. Nicht arbeiten, nicht essen. Es ist ein Vergehen, finde ich immer noch, wenn wir uns nicht mehr unterscheiden.

Aus einem Paar ein Individuum zu machen, das war doch immer deine Lieblingsvorstellung, ein Paar mit kolossalen Stärken und starken Schwächen, hast du gesagt.

Aber es gibt keine Individuen: Auf der ganzen Welt beugen sich die Onkel zu den Kleinen hinunter und sagen: Du kannst dich natürlich nicht mehr an mich erinnern. Auf der ganzen Welt sagen die Mütter zu den Söhnen: Bring deine Wäsche mit, damit sie mal wieder richtig sauber wird. Auf der ganzen Welt schreiben die Zeitungen unter die veralteten Bilder geschiedener Paare: »Ein Foto aus glücklichen Tagen.« Dass einer ein Individuum wird, das verdankt er seinen Leiden. Und wir wollten ohne sein?

Wer traut sich schon, seinen Leiden auf den Grund zu sehen! Gib mir einen Wandschirm, damit ich es nicht sehen muss, gib mir die Heimat, den Glauben, die Familie, die Geilheit, ein Idol, gib mir eine Lebenslüge. All das macht mich heroisch. Ich wachse daran. Aber für dich und mich bin ich heroisch nur, weil ich mich dieser Leidenschaft ausgesetzt habe und allem, was sie mir abverlangt.

Es ist doch so einfach, gib mir ein Hindernis: Wir werden daran wachsen. Ist es unser unterschiedlicher Geschmack? Ich passe mich an. Die Religion? Ich konvertiere. Die Gesinnung? Ich toleriere. Und so immer weiter. Was aber mache ich mit deiner großen Abwesenheit, da ich doch schon an jeder kleinen verzweifelte?

Sieh uns doch nur noch einmal von fern, wie wir, aus der größten Distanz aufeinander zurasend, uns auf fremdem Boden zuerst begegneten! Wie wir jeden Schlüssel umdrehten, jeden Löffel hinlegten, jeden schnellen Schritt auf einer langen Reise taten in genau der Geschwindigkeit und Richtung, die nötig waren, uns zusammenzubringen:

Ich aus Tokio angereist mit dem Auftrag, einem Engländer einen sieben Zentimeter hohen elfenbeinernen Jurojin aus dem Brockhaus-Nachlass abzuschwatzen, damit ein japanischer Sammler diese hundertfünfzig Jahre alte Statuette in einem Banksafe einschließen könnte.

Du durch englische Dorfkirchen reisend, Skulpturen in deine Werkstatt entführend, wo du Monate mit dem Skalpell über ihnen verbrachtest, restauriertest, konserviertest, um dann der Fachwelt deine Ergebnisse zur Verfügung zu stellen. Was immer sie mit deinen Ergebnissen anfingen – der wahre Lichtblick für die Heiligen warst du!

Ich hab in London den Jurojin nicht einmal zu sehen bekommen, der Engländer ist während des Essens nicht mehr von der Toilette gekommen, und ich bin ein Lichtblick nur für dich. Ich entdecke und ich forsche nicht, ich wende nur Kenntnisse an.

So ist das zwischen Mann und Frau, und lieben muss ich dich genau wie Tokio wahrscheinlich schon deshalb, weil ich mich nicht in dir auskenne. Welche Bemalung trägst du? Welche lässt du mich sehen?

Warum mich gegenüber all den bemalten Heiligen, den ernsten archaischen Typen aus dem Alten Testament die asiatische Kunst stärker angezogen hat? Früher hätte ich geantwortet: Der Asymmetrie wegen, weil diese Werke wirken, als nähmen sie gleichermaßen Ordnung und Unordnung in sich auf. Heute weiß ich es kaum mehr, zu sehr habe ich mich an diese Anziehung gewöhnt.

Wenigstens verändern sie sich unter meinen Augen

nicht. Ich stelle diesen Objekten sozusagen einen Pass aus, helfe ihnen als Schleuserin über die Grenze. Das ist alles. Ich begutachte, vermittle, bahne Verkäufe an. Aber machen wir uns nichts vor, für die Kunstgeschichte Japans bin ich so unwichtig wie die Rotgesichtmakaken im Schnee von Kyoto.

Mein ganzer Erfindungsreichtum wandert also in die Liebesgeschichte. Es ist unsere, aber eigentlich ist es meine, allein meine, sie verändert sich unter meiner Arbeit, ich richte sie mir ein und mache sie wohnlich. Ist das weiblich? Ich meine, findest du, das ist weiblicher Nestbautrieb?

Wie oft bin ich in meine kleine Wohnung in Shinjuku gekommen, erinnerst du dich, mit dem leeren Aquarium, den Sumo-Plakaten, den Auktionskatalogen im Schrank und den westlichen Kostümchen, die man in Japan so gerne sieht. Und wieder warst du nicht da, und wieder wartete ich. Das passt dir: Du denkst, wir Frauen durchstreifen keine Wälder, wir erobern keine Weltmärkte, wir warten eigentlich immer. Auf das Eigentliche, das hinter allem.

Nein, nein, ich vergesse auch nicht, wie oft ich dich allein gelassen habe, wenn ich meinen Kunstschätzen nachreisen musste, Inros, Netsukes, Tsubas, Tankas. Bis heute hast du keine Ahnung davon, gib's zu, nicht einmal Interesse.

Aber glaub mir, Farbholzschnitte, Fächerblätter, alles, was du so abfällig »Gebrauchskunst« nennst, sind Objekte, in denen tägliches Leben verarbeitet wird. Die Gebrauchsspuren selbst sind ja Teil der künstlerischen Formung, und sie erzählen Geschichten, durch die auch die Liebe streift wie eine kleine Wolke Parfüm, die in der Luft zerstäubt. Wie klingt das: Geschichten um Hanuman, den Affenkönig, um Baku, den Traumfresser, um Ashinaga und Tenaga, Langbein und Langarm, um Okame, die tanzt, damit die Sonne in ihrer Höhle nicht mehr schmollt, um Fukurokuju, den Gott mit dem Samenkopf.

Das interessiert dich alles nicht? Kann man so einäugig staunen?

Glaub mir, christliche Märtyrer sind aus demselben Holz geschnitzt. Aus unserem.

Weißt du, warum Kinder werktätiger Eltern Dinge gerne weit von sich werfen? Aus Freude, sie wieder zu finden. Haben sie das Ding wieder in den Händen, schreien sie wie die heimkehrende Mutter, die ihr Kind begrüßt. Es ist ein Rollenspiel. Wenn ich weg war, dann nur, damit du mich vermisstest.

Um den Anwesenden kann ich nicht trauern. Also trauere ich, selbst wenn du anwesend bist, um das Abwesende an dir, um das, was fehlt. Wer hätte gedacht, dass wir, die Experten der Abwesenheit, uns noch einmal so fehlen würden wie jetzt?

Aber sag: Fehle ich dir überhaupt?

Mehr als das Leben?

Oh ja, sag: Steht dir das Leben näher? Fehlt dir das Leben mehr als ich?

Aus welchem Zwischenreich blickst du mich an?

Immer bin ich gespannt auf dich, immer voller Erwartung, immer auf dem Sprung in die nächste große Übertretung, Lichtblick genannt. Wie kannst du nur ohne leben? Was fällt dir ein? Du hinterlässt deinen Duft, deinen Kuss, den Druck deiner Hände, und ich stehe da mit einfältigem Gesicht und blicke der Naturerscheinung hinterher.

Ich bin die arme Frau, die in der Strickjacke vor dem Polizeipräsidium nervös an sich nestelnd wartet, dass sie ihren Mann wieder rauslassen, und als er rauskommt, hat sie die ganze Hand voller Knöpfe.

Diese Tage jetzt sind randvoll, ich schwanke durch sie hindurch, fassungslos, wie eine Putzfrau im fremden Bad mache ich sauber, räume auf, lege die Dinge zusammen, die mitreisen werden.

Kaum kann ich glauben, dass ich Tokio bald endgültig verlassen soll, Morita, Asahara, Inamori und Partner, die East-Wing-Leute, die südjapanische Achselhöhlenmalerei und »Killing me Softly« für Panflöte. Doch wahrscheinlich bin ich schon längst aufgebrochen. Erst in Tokio werde ich wissen, wie weit ich bin. Dann drehe ich mich um nach dir. Da stehst du dann mit fragendem Gesicht und ich rätsele, und zwischendurch lege ich mir deine Arme um den Hals und schaue zu, dass ich irgendwo, nur ein bisschen, unter dein Alltags-Ich komme.

Meine Bilder von uns beiden haben ihre eigene Atmosphäre, ähnlich wie am Anfang, als wir uns immer gegenüber an die Schmalseiten unseres langen Tisches setzten. Wir flüstern uns etwas Inniges und können uns doch kaum verstehen. Manchmal ist Ferne eine Bedingung für Nähe. Es ist ja inzwischen eine meiner Marotten, auf dem Instrument der Ferne zu spielen, sie zu variieren wie ein musikalisches Thema. Du wirst aus dieser Ferne auftauchen, ja?

Als ich meinen ersten Brief an dich schrieb, war ich

ein wenig … wie sagten wir in London? … tipsy gewesen, der Alkohol. Prompt sollte ich für alle Zeit tipsy sein:

»So sind Sie ganz herrlich«, hast du geantwortet, »ein bisschen leichtsinnig, und ich kann mich an dem gekräuselten Lächeln auf Ihren Lippen freuen. Doch, doch, mondän sind Sie auch und ein klein wenig lasterhaft, und ein Herz haben Sie, es ist faszinierend.« Ich kann es auswendig.

Dennoch: Du bist nicht Teil einer Erzählung. Wärst du es, würde ich dich schöner machen, so aber bist du ein Teil von mir.

Andererseits hattest du immer dieses Talent, den Menschen ein Bild von sich selbst anzubieten, in dem sie sich gerne sehen. Sie mögen dich, aber noch mehr mögen sie ihr eigenes Bild in deinen Augen. Du bist ein Maler, ein Verherrlicher und Vereinzeler. Deshalb wollte ich die Gemeinschaft dieser Menschen manchmal hinter mir lassen, wollte raus und weg, in ein Jenseits der Gesellschaften.

Merkst du: Ich habe es schon wieder getan. Was sagt das über unser Leben aus, dass wir immerzu hinaus wollen, flüchtig sein, entkommen, uns aufheben oder erlösen? Das verbindet uns, wir wollen raus. Die flüchtige, das ist deine mir zugewandte Seite. Sie schließt einen Teil der Welt aus und mich auf so wunderbare Weise ein, als würde ich nicht von deinen Armen, sondern von deiner Existenz umarmt.

Entschuldige, glaubst du, ich hätte anfangs gewusst, was ich mit dir soll, hätte es später gewusst? Man weiß doch nicht, wie man lieben soll und noch weniger, wie sich ein Paar anfühlt. Es geschieht, während man eine Tasse an die Lippen hebt oder die Telefonrechnung öffnet. Plötzlich hat man den Aggregatzustand gewechselt.

Aber wo bist du?

Zuerst warst du mein Komplize, ich hatte solche Lust, mich von dir verstehen zu lassen und zugleich in deine Staubwinkel aufzubrechen. Wo du wolkig bist und schmutzig wirst, wo du schlecht aussiehst und die Fassung verlierst.

Ich mochte schon damals gern verschwörerisch mit dir sein, einen Pakt mit dir schließen. Aber kaum geschehen, kam mir diese böse Idee, dass ich nachts, halb in deinen Schlaf hinein, durch das Telefon mit dir sprach: »Versprich mir, morgen wirst du mir deine Träume erzählen.«

Dann wurde es Morgen. Ich war nicht mehr die aus der Nacht, aber schon erfasste mich die Empörung, dass du es vergessen haben würdest. Mag sein, dass ich hier mit Erbsen nach Gespenstern werfe, wie man in Japan sagt. Aber: Das verrät alles, musste ich denken, nicht sagen, alles, alles.

Andererseits geht wohl die Hälfte aller Zweifel an der Liebe auf Selbstzweifel zurück. Warum soll man sich auch selbst lieben? Was hilft das? Glaubst du daran?

Warum, findest du selbst, soll ich dich lieben? Wir sollen uns erkennen? Und das hilft wozu? Alles Irrlehren.

Vielleicht schmeckt die Liebe reiner, wenn man sich nichts vormacht. Aber man macht sich dauernd etwas vor. Vielleicht sollte man erst einmal mit der Abschaffung der Liebe beginnen. Jedenfalls in unserer Konversation. So dachte ich, auch mit dem Hintergedanken, dass du mich dann erst recht würdest lieben müssen.

Du kennst sie, diese merkwürdige alltagspraktische Wachheit mit den eingelassenen Partikeln der Nacht, die sofort schmerzen, wenn das Sonnenlicht darauf fällt. Wir telefonierten immer aus dem Tag in die Nacht oder umgekehrt. Ich habe dich oft mit ins Bett genommen, lag im dunklen Tokio in meinem eierschalenfarbenen Pyjama und war euphorisch. Du saßest im Sonnenlicht Wiens und klangst so wenig nächtlich.

Ich dachte, egal, nächstes Mal. Aber in jeder Lieblosigkeit steckt die Zukunft der Liebe, und jede kleine Ernüchterung droht wiederzukommen als große Nüchternheit. Nichts breitet sich so rasch aus, wie das allgemeine Gefühl, dass es egal ist. Egalité: Jedes Hindernis wird beantwortet mit dem Gefühl, dass es egal ist. Ist das Stärke?

Die Liebenden sind wie die ersten Sonnenanbeter, diese indischen Knaben, die eines Tages beschließen, die Sonne zu verehren, indem sie ihr fortan ins Auge schauen. Ein Jahr später sind sie erblindet, verkümmern und sterben. Das ist Teil ihres Gottesdienstes.

Schon wieder beim Tod angekommen. Merkst du, wie leicht das ist? Man stolpert mit unbeholfenen Sätzen in den Horizont des großen Gefühls und kommt gleich beim Tod an. Ich fühle mich so unreif wie auf dem Schulhof.

Warum werden Erwachsene so klein, wenn sie in der Nähe der Liebe reden? Warum haben sie Intelligenzen – im Plural? Und warum hast du immer solche Angst davor, ich könnte über all unser Gutes so lange reden, bis es mausetot ist? Ich rede, um dich anzustecken. Es würde mir reichen, deine Wimpern zittern zu sehen. Aber nicht im Luftzug der Tür.

In den letzten sechs Monaten war ich fast täglich bei dir. Habe am Fußende deines Bettes gesessen und gewacht wie der indische Daruma. Das ist der Heilige, der den Zenbuddhismus begründete und so viel meditierte, dass ihm die Augen zufallen wollten. Da riss er sich die Lider aus und warf sie auf den Boden. Aus diesen Lidern ist dann die Teepflanze gewachsen und hält uns wach.

Du hältst mich wach. Wenn meine Gedanken dir nahe kommen, steht alles still. Wir sind die Einzigen, die sich zueinander bewegen. In diesem Delirium der Anwesenheit komme ich durch den Tag. Immer anwesender.

Wie viele Gespenster werde ich noch vertreiben müssen! Wie viele deiner Träume entrümpeln? Alles, was ich jetzt tue, hat eine Zentralperspektive. Ich habe es in deinen hintersten Kopf geschafft, wo ich unbedingt ankommen wollte. Jetzt sollen Zeiten kommen, da will ich ganz selbstverständlich an deiner Seite gehen als Überlebende, als Märtyrerin, als Miss Rashid, das gekrönte Haupt, und allenfalls werde ich Kriegerin durch meine Gabe, dich zu lieben, Angst verbreiten unter den Lieblosen.

Bestimmt gibt es Menschen, die in ihrem ganzen Leben keinen Moment der Innigkeit hinkriegen wie den, der für uns schon so lange andauert, wo wir im vollen Besitz unserer selbst sind und zugleich verloren. Alles läuft darauf hinaus, dass ich versuche, dir mein Leben zu übertragen, so wie man ein Organ spendet.

Ich kann nicht mehr. In meiner Erschöpfung dachte ich gestern: Wenn ich Musik sprechen könnte, du würdest weinen.

Fühlst du denn nicht, dass meine Art, dich zu vermissen, keine andere Sprache sprechen kann? Ich möchte dich über mir atmen hören, deine Züge entgleisen, dich in deinem Verlangen erschauern sehen.

Ich sage dieses ungeliebte »Ich liebe dich« in dein Ohr, küsse es in deinen Mund, lege es mit meinen Lippen auf deinen Schoß, so dass es durch deinen Körper rieselt, ich throne auf dir und sehe dich lächeln.

Das ist es, und etwas Besseres als den Tod werden wir überall finden, verspreche ich und träume von dem Tag, an dem du endlich die Augen aufschlägst und fragst: Und du?

Ich bin bedürftig, süchtig nach einer Ruhe mit dir, die ich nicht kriege. Denn du hast mir ein ruheloses Leben verordnet, und ich bin treu darin, dass ich es erleide, in deinem Namen. Und bilde mir in manchem Moment ein, jetzt, nein, jetzt sei der Augenblick, in dem du die Augen öffnest. Und ich rase herbei und sehe nach und finde dich, wie du bist und träume von unserer Vollendung im Ineinander-Fließen.

Wer hat dir beigebracht, solche Träume mitzuträumen, wer hat dir solche Ideen eingepflanzt? Wir teilten sie, unsere Gedanken hatten sich berührt, in einem Sturm ohne Bewegung. Nicht sexuell. Der Sex ist vielleicht eher eine vorübergehende Entlastung des Liebesgefühls, die Liebe selbst ist größer. Was ich begehre, bist also du und nicht du, das Begehren selbst begehre ich, dazu begehre ich dein Begehren und kann dabei sogar ohne mich sein.

Sei milde: Ich begehre manchmal, aber ich liebe immer. Das Besondere liegt doch nicht darin, dass ich dir von meiner Liebe erzähle. Dass ich mich so tief zu mir hinsehne, ist das Besondere. Die Liebe so tief haben zu wollen, ist das nicht die Liebe? Was mache ich nur?

Die leichte Zeit liegt hinter mir. So lange konnte ich genau diesem hier ausweichen, der Liebeserklärung, die nichts erklärt. Und trotzdem, hör mich zu Ende an. Ich will nicht eines Tages sprachlos deine Verflossene geworden sein. Ich will, dass sich die Zukunft über uns beugt und sagt: Voilà, der letzte Mythos, die Liebe, der letzte Zauber. Hast du nicht gesagt, wir sollten unser Foto in den Weltraum schießen?

Gestern früh saß ich da drüben am Tisch. In der Zeitung las ich eine Meldung mit der Schlagzeile: »Liebespaar spurlos verschwunden.« Da sind mir die Tränen gekommen. In deine Richtung habe ich geweint, deine Umarmung gesucht, als hätte das Gelesene auch nur das Geringste zu tun mit uns. Schäm dich, mich in diese Stimmung zu bringen!

Aber manchmal kennt die Liebe keinen Übergang vom Appetit zum Erbrechen. Dann ist der Kitsch wohl die Stelle, an der das eine ins andere übergeht. Ich kenne mich da nicht so gut aus. Mir fehlte immer ein besonderes Talent zum Geliebtwerden.

Selbst im Sex sah ich früher manchmal an mir runter, wenn sich die Männer mit mir beschäftigten, mit einzelnen Gliedmaßen, Stellen, ganz vergnügt sah ich zu, aber das war nur mein Bild, nicht ich.

Du dagegen hast mich mir selbst in die Arme gelegt, die Glieder zusammengefügt und zu einem Körper gemacht und zum ersten Mal bin ich dabei auch meiner selbst ganz froh geworden. Das ist das Glück. Plötzlich habe ich selbst das Wort »Liebespaar« verstanden. Wahrscheinlich musste ich deshalb weinen über die beiden Verschwundenen aus der Zeitung.

Und was mir genauso peinlich war: Als ich zum ersten Mal hinuntersah, wie deine beiden schmalen Hände mein Becken umfassten, um es in die beste Position zu bringen, da habe ich mir gewünscht, dass mir diese Hände eines Tages die Augen schließen würden. Und auch jener Selbstmörder aus der Zeitungsmeldung fiel mir wieder ein, der seiner Frau einen Abschiedsbrief hinterließ mit den Worten: »Unsere Ehe war immer so schön.«

Bei »Moyne Abbey« wolltest du von der Klippe springen, weil es nicht mehr besser würde im Leben, nicht mehr besser, als wir waren, wie du sagtest. Moment. So etwas macht man zu zweit, dann heißt es »délire à deux«. Zwei sprechen eine Sprache, finden erst ihre eigenen Vokabeln, später den gemeinsamen Tod.

Stattdessen hast du mir Briefe geschrieben, Liebesbriefe, ernst gemeinte, aber ich habe sie manchmal lachend gelesen. Wenn Männer Liebesbriefe schreiben, melken sie all die Vokabeln, vor denen ihnen sonst immer bange ist. Das spürt man.

Du kanntest mich ja so wenig. Das vor allem konnte ich in diesen Zeilen lesen. In einem Liebesbrief an mich muss das Herz nicht vorkommen. Auch die großen Worte nicht, die Erschütterungen, die Superlative brauche ich nicht. Aber dein Formulieren war schön wie ein Zeremoniell aus dem vorletzten Jahrhundert, wie die Schrittfolge aus einem Kontertanz, und nie hätte ich mich getraut zu sagen: Lass sein. Sag einfach die Wahrheit.

Das hast du auch getan. Eine Vokabel, ein Straßenname, ein Witz, eine Frucht, der Aufdruck auf einer Tüte, sie verraten, richtig erinnert, in der Liebe mehr. Du hattest dir den Namen des Schiffs auf der Themse gemerkt – »Valulla« – du wusstest noch den Slogan auf unserem ersten Whole Meal-Riegel, »delicious and nutritious«. Du warst schreibend wieder in all diesen beiläufigen Wirklichkeitsresten zu Hause, und sie waren so ungeschützt und ohne Kalkül, deine Briefe. Daran habe ich gemerkt, dass es dir ernst war.

Weißt du, das Gemeinsame stellen sich alle immer so groß vor wie Glaube, Heimat oder Musik. Doch die Wahrheit ist anders: Dieselbe Tapete, Zigarettenmarke, Bonbonsorte, und schon nimmt die Liebe Fahrt auf. Meine Liebe umschwärmt so unscheinbare Gegenstände wie den Müsliriegel.

Ich sage dir die Wahrheit: Es bleibt schwer, so mit dir zu reden. Redselig bin ich in der Liebe nur, wenn ich nicht liebe. Wahre Liebe hat viele gute Gründe, stumm zu sein. Deshalb haben mir deine Geständnisse nicht gefehlt. Unter all deinen Bemühungen mit den großen Vokabeln warst du stumm, weil die Liebe dich stumm gemacht hatte. Das war mein Glück, das wollte ich teilen.

Weißt du noch, ganz am Anfang, als ich, nur weil es schon verabredet war, mit Frank und Iris und den Mohrs an der Adria war? Ich erinnere mich an eine nächtliche Rückfahrt vom Restaurant durch die duftende, von tausend Schattierungen übertuschte Insel. Die anderen redeten über das »Arbeiten an der Beziehung«, über das »Sich-Einlassen« und »In-Gefühle-Investieren«. Ich hasse dieses ungenaue, bürgerliche, angstgetriebene Gerede, das insgeheim besessen ist von der Normalität des Familienlebens und alles daran misst, ob es noch alltagstauglich ist.

Doch ich gebe zu, mit einem Mal empfinde ich auch Bewunderung für den Reinzustand, in dem sich die Probleme hier befinden, für das klare, aufgeräumte und frisch gebadete Leben. Es macht wahrscheinlich auf eigene Weise glücklich, die Verhältnisse immer noch innerhalb solcher Muster denken zu können, gegen allen Zweifel.

»Die Realität ist profan«, hättest du in deiner Unbekümmertheit gesagt, »also triumphieren wir darüber.«

Schließlich aber werde ich traurig, weil meine Vorstellung der Liebe so pathetisch und isoliert ist und weil sie mich immer als Verliererin zurücklassen muss. Ich sage nichts, denn ich fühle mich alt. Diese Reife ist mir peinlich, sie liegt mir nicht.

Ich sehe also diese beiden Paare im Wagen sitzen. An ihrer Oberfläche zeigen sie bereits alle Risse und Verwerfungen, die einmal zu Magenfalten und Wutausbrüchen führen werden, und denke, dass die Liebe insgesamt in noch dramatischeren Ausmaßen scheitern kann, als irgendjemand in diesem nächtlichen Wagen wissen will.

In derselben Nacht fand ich deinen Brief an der Rezeption. Das war meine Welt. Und sie freute mich so sehr, weil du schriebst, wie du schriebst, so überhitzt, so ratlos. Ich habe gestrahlt, weil ich dich »noch wahnsinnig« mache, wie du schriebst, weil du mir nicht glauben wolltest, dass ich bin, wie ich bin. Weil du mir Fotos geschickt hast, die genauso waren wie meine Vorstellung von dir.

Lieben, sagte ich, sich aussetzen, wie man sich auf einer verlassenen Insel aussetzt und danach nur hoffen kann, dass Gott aus den Büschen spricht und sich der Schutzlosen annimmt. Komisch, niemand sagt: Ich liebe dich und mich. Wenn auch die Selbstliebe Liebe ist, wie soll sie überhaupt konkurrieren! Sie ist ja nicht einmal leidenschaftlich, sondern eher fatalistisch, sie ergibt sich.

Nein, verglichen mit allem, was ich für dich fühle, liebe ich mich nicht, eher habe ich mich mit mir abgefunden. Als ich dagegen dich kennen lernte, hätte ich anfangs eigentlich sagen müssen: Ich liebe dich, aber bitte nimm es nicht persönlich.

Erschrick nicht, vielleicht ist es inzwischen wieder so. Die Liebe ist meine Sache. Ich hüte sie als die eigene Wahrheit und sehe dich durch ihr Prisma: Manchmal sahst du kühn aus, manchmal wie ein Archäologe in seiner Grabung, manchmal wie ein Junge, den man auf einem Rummelplatz vergessen hat. Du kannst Tricks, das sieht man. Aber das Rührende an dir, das ist spontan, Gott sei Dank.

Keine Angst, ich nenne dich nicht gutmütig, das hat etwas Einfältiges. Aber wäre es nach dir gegangen, ich hätte zu jedem dieser Bilder, die du von dir entworfen hast, ein anderes Verhältnis haben müssen und zu dem Mann, der sie alle zusammenhält, ein bestimmtes, unser persönliches.

Ich archiviere sie, um dir eines Tages sagen zu können, wie schön du warst. Lange hast du mich warten lassen und lange habe ich schon auf dich gewartet. Ist das deine Rache?

Ich bin einfach nach Tokio gegangen, das stimmt. Ich bin dorthin zurückgekehrt, denn ich habe Abstand gebraucht, um dich richtig sehen zu können. Man tritt doch auch vor einem Kunstwerk drei Schritte zurück. Ich musste dich erst einmal auf mich wirken lassen.

Und dann? Tritt man nicht noch weiter zurück? Nimmt man nicht Anlauf, bevor man springt? Und hast du mir nicht selbst diese seltsamen Botschaften geschrieben, in denen wir aufeinander zugehen, jeder auf sich, jeder auf uns?

Schau uns an. Leben wir nicht beide im Abstand? Ich kann dich in Wien bei der Arbeit sehen. Auf einem Gerüst stehend, in der Laibung eines Gewölbes herumpinselnd, Markierungsstreifen auf ein Fresko klebend. Ist das so? Du kannst mir durch die Haut sehen. Du kannst Charaktere aus dem Stein gewinnen. Du kannst aus Mauern Geschichten ziehen.

Ich kann sie über die Welt verteilen. Ein Renoir in der Nippon Bank – du nennst das eine Abschreibung. Ich dagegen empfinde eher wie meine Auftraggeber, dass sich die Bank auf diese Weise humanisiert. Ich arbeite einen kleinen warmen Farbnebel in die Wand eines Geschäftszimmers ein. Ich träume, dass sie diejenigen ins Träumen zieht, die ausgeträumt haben. Morita nannte mich neulich »eine Agentin des Sentimentalen«.

Merkst du: Wir schwimmen immer noch synchron.

Nach Wochen in Tokio habe ich dir das erste Foto von mir geschickt, in meinem hellblauen Bikini. Es hat mich einige Zeit gekostet, bis ich in meiner Fotokiste auf diese Aufnahme stieß, fotografiert von so weit weg, auf einem Brückengeländer, mit abgewandtem Kopf und breit gedrückten Oberschenkeln.

»Danke«, schriebst du, »jetzt hast du mir schon mal deine Tätowierung gezeigt. Normalerweise machen mir Tätowierungen Angst, aber…« Und dann hast du gedeutet, was ich mir hatte stechen lassen, chinesische Schriftzeichen, ein Tier, ein Emblem? Aber das war keine Tätowierung, es war ein blauer Fleck, weil ich in den Ruinen von Ostia drei Stufen tief gefallen war. Genauso solltest du mich sehen: Im Bikini, aber beschädigt.

Irgendwann hatte ich nicht mehr den Mann im Auge, der Fata Morganen schafft, sondern die Fata Morgana selbst, meine körperlose Luftspiegelung, und dann sah ich an mir hinunter, an meinem Körper. Meine Beine sehen gebraucht aus, die Haargrenze verläuft auf der Mitte des Knies, sie lösen wenig aus. Trotzdem hast du dich über sie her gemacht, dass mir Hören und Sehen verging.

Wenn er das mag, dachte ich damals, mag er alles. Dann fehle ich ihm genau so. Na also, spricht die dich mal eben mitten auf der Straße von hinten unterhakende Frau, die deine Frau wurde, ohne es zu merken. Ich fehle dir? Sag, was genau: Meine Stimme? Meine Blöße? Meine Fragen?

Die Bewunderung in meinen Augen?

Ist das noch Sprache? Ist es schon Sex?

Als ich meine Fingerspitzen küsste und sie auf deiner Brust spazieren führte, hast du nicht selbst vom Wasserzeichen gesprochen? Ich bin, glaube ich, nicht geübt darin, einen Körper zu haben. Habe ihn, auch bei den Männern, nie so richtig gebraucht. Du weißt ja: Kaum nackt, weiß ich nicht mehr, wohin mit meinen Händen, und meine Bewegungen stolpern.

Nachts habe ich an dich gedacht. Du musstest in mein Bett kommen. Deine Augen waren schön. Deine Beine angewinkelt. Dein Geschlecht lag fest und genau richtig in meiner Hand. Wir waren wirklich glücklich.

Warum hatte ich das Gefühl, dass dir deine Begierde peinlich ist? Dass du dir, wie du einmal sagtest »vor Angst in die Hose machst«? Beruhige dich. Ich finde es selbst manchmal unbegreiflich, dass man mich begehren kann.

Im Antiquariatsjargon nennt man meinen Zustand: Berieben und bestoßen, mit Gebrauchsspuren. Sogar, dass man dich begehren kann, erscheint mir manchmal so … ich weiß nicht, einfach abwegig, und manchmal habe ich geglaubt, noch lieber wäre dir die Liebe gewesen, hätte sie nicht aus Gefühl bestanden. Komisch, dass du zu mir gekommen bist, die so lange so ratlos vor dem Sex gestanden hatte und doch ständig gestreichelt werden will. Wo eigentlich?

»Meine geliebte Magnolie«, hast du mal gesagt,

»wenn das kein Bild ist: Meine Knospe, meine noch ungeöffnete, alles versprechende, die mich in einen Schwarm der Phantasien und Vorstellungen entlässt ...«

Wenn ich deine Stimme am Telefon hörte, mit dem erwachenden Japan rings um mich, mit dem Schweigen des nächtlichen Wien rings um dich, dann klang sie wie in einer Zelle, nein, wie in einer Krypta gesprochen. Von solcher Andacht bis in die Bewusstlosigkeit der Umarmung, das ist ein weiter Weg. Ja, mein Nackter, sieh nur an dir runter, das will ich alles noch in Besitz nehmen, und zum Vor-Angst-in-die-Hose-Machen bleibt dir keine Zeit und keine Hose.

Du hast mit mir geschlafen, als sei es die größte Tat deines Lebens. Jetzt kommt der Sex, dachte ich, und wir wechseln unser Element. Aber so war es nicht.

Einmal nackt, wurden wir nicht Mann und Frau, so begann es nur. Wir wurden etwas Drittes, Ungeschlechtliches, ich weiß nicht, was es war, ich habe mich ja nicht einmal getraut, dich richtig zu betrachten. Nur in deine Augen sah ich, fand deinen Körper darin, und unter mir erhob es sich, und ich dachte: Alles, Gott, das Ganze, das Leben, du, Staub, Wasser, und ich zog deinen Kopf an mich und bedeckte ihn mit Küssen, ihn, oder was immer es war.

Schon damals warst du nach dem Sex nicht traurig, aber ein paar Jahre jünger. Du hattest so eine Art, dich an mich zu pressen, die ich nie mochte, wurdest fast kindlich dabei, und ich nahm deine Hand, führte sie meine Hüfte entlang, zwischen meine Beine, bis zu dem von irgendeinem Jüngelchen früher einmal »süß« genanten Arsch, den du viel freundlicher und fraulicher beschrieben hast, also so etwa bin ich mit dir gereist, mit deiner Hand, damit du die Frau fühlst, die ich fühle und dich wieder in den Mann zurückverwandelst, dem ich mich hingegeben hatte.

Wir haben uns dabei sogar ganz forsch in die Augen gesehen. Und du hast dir ziemlich schamlos Bewegung im Schritt gemacht, und ich musste wegsehen, denn dass du eben noch ein Schuljunge gewesen warst und dir im nächsten Augenblick deinen Schwanz so männlich hingelegt hast, wie du ihn gerade gebrauchen konntest, das war zu viel.

Man erlebt ja in der Liebe viele Anfänge. Dieser Anfang fiel in die Zeit, in der ich mich gegen dich wehrte. Doch du warst schlau und hast meinen Worten nicht mehr getraut als meinem Körper. Erröten sollte ich, meine Haare sollten sich aufstellen, meine Stimme sollte zittern, und wenn ich dich abwehrte, hast du gelächelt, weiß schon, weiß schon …

Nicht, dass das alles nur aus Sex bestünde. Ich weiß nicht. Eigentlich werde ich, was das angeht, ja immer selbstloser. Eine Frau hat immer Angst vor Männern, die in der Nähe des Sexuellen das Temperament wechseln. Diese Angst hatte ich, so lange ich dich nicht nackt erlebt hatte, die Angst vor dem eigentlichen Rashid.

Waren sie vorher phlegmatisch, kommen manche Männer beim Sex plötzlich vollends durcheinander. Ihre Art, uns zu nehmen, ist die Antwort auf ihre Erregung, gewiss. Aber aus Schwäche oder Verlegenheit finden sie zuerst oft nur eine sportliche Antwort. Eine Leistung, eine Riesenanstrengung wird daraus. Wie in der Kür einer Leibesübung wechseln sie fliegend ihre Griffe, werfen sich hin und her. Sie wollen aufgeregt erscheinen, bedient werden, fassungslos scheinen, sind aber dabei ziemlich lausige Lustdarsteller.

Die anderen wiederum kommen aus ihrer Arbeitswelt und werden fauler, glauben, die Liebe sei ein Tempowechsel, rollen sich in eine Umarmung herein und schwappen hin und her wie dicke Suppe. Anschließend haben sie Feierabend. Mahlzeit!

Zwischendurch schieben sie dir noch irgendwelche Körperteile in den Mund, in den Griff, sperren den Mund auf, damit man die Zunge hineinsteckt und finden sich wer weiß wie empfänglich, ohne selbst etwas zu tun. Dieser Egoismus, diese Fuck-and-Go-Mentalität! Stört es dich nicht, ein Mann unter Männern zu sein?

Aber ich bin nicht besser, jedenfalls nicht vernünftiger. Nur habe ich früher meinem Fetischismus eher nachgegeben. Mal konnte mich ein Mann verrückt machen, wenn er nach der Hälfte der Rasur aus dem Bad ins Zimmer kam und seine Lippen sich rot und nass im Rasierschaum bewegten. Oder es erregte mich, wenn er ganz langsam in einer Illustrierten blätterte und dabei so versonnen mit seinen Brauen spielte. Selbst wenn er nur da stand und ich ihm von hinten dabei zusah, wie er sich ganz selbstvergessen Spiegeleier briet, hat es mich elektrisch gemacht.

Mein Problem mit meinen vergangenen Liebhabern lag in diesem abgespaltenen Blick. Ich habe gute Augen, und wo ich es nicht ernst meine, lasse ich mich gern verkennen. Aus Faulheit, nicht aus Großherzigkeit. Ich hatte es lieber, wenn sich die Männer weniger anstrengten, vielleicht weil sie mich sexuell eher schlicht fanden.

Wenn sich also so ein biederer Ehemann auf Freigang für mich entschied, dann ließ ich das geschehen, weil ich für kurze Zeit durch ihn hindurch sehen konnte in ein anderes Leben, in dem ich vielleicht auch hätte so still und ruhig existieren und mir Normalität hätte zuziehen können wie einen Schnupfen.

Weil es mir so viel einfacher schien, für mich und einen unscheinbaren anderen zu leben, habe ich eigentlich immer ein Doppelleben führen wollen. Was meinst du, wie einfach die Liebe wird, wenn man nicht dauernd erkannt, verstanden, ergründet werden will? Dann nennt man sie »Partnerschaft«, glaube ich, und deshalb gibt es auch keine Liebes-, nur eine Partnerschaftsberatung.

Deine Antwort war also genau richtig: Du hast gleich mit mir gelebt wie mit einer Hälfte deines Doppellebens. Es lag immer ein Lichtkegel auf uns, ein Verfolgerscheinwerfer, unser persönlicher, mit wandernder Lichthof. Aber man sah nicht weit aus ihm heraus. Außerhalb von uns hättest du irgendwer sein können. Das war sekundär, denn zuerst einmal wollte ich dich nicht an sich, sondern für mich. Das war ein neuer Egoismus, außerdem ein praktischer, weil du mir anfangs ohnehin nicht mehr zu sehen gabst.

Deine Verlegenheit erkannte ich an deiner Drastik. Wie unreif, mich dauernd wie die Sünde zu behandeln, wie eine Unersättliche. Den Unsicheren fällt es immer leichter, die Frau schamlos, geil, obszön zu finden und die Lust selbst wie eine Schuld zu behandeln. Ja, und dann liegt sie da, und unter diesem Männerblick ist sie nackt und irgendwie schmutzig, und die Liebe ist degradiert und wenn nicht unmöglich, dann jedenfalls in eine andere Sphäre verbannt. Freud wäre begeistert gewesen, zu sehen, wie auch du das Objekt der Liebe vom Objekt der Begierde abspaltetest, aus mir, mein Liebster, zwei machtest, die sich nie mehr begegnen dürfen.

Du wolltest, dass ich die Beine spreize, du stiertest mich an. Du wolltest, dass ich mit meiner hohlen Hand meine Scham bedecke, dass ich die Spitze meiner Brust befeuchte. Das hast du nicht für die Gegenwart, das hast du für die Erinnerung getan, für die Zeit deines Alleinseins mit mir. Deshalb habe ich alles mitgemacht.

Wo sind diese Bilder jetzt? Und warum hast du so panisch ausgesehen, während ich tat, was du wolltest? Weil ich hätte Nein sagen, weil ich dich hätte auffliegen lassen können? Weil du schon Angst davor hattest, mich zu vermissen? Ich will deine Antwort nicht, ich will mich täuschen. Ja, du sollst mich belügen, wenigstens so lange, wie ich mich selbst belüge.

Abgesehen davon warst du vollkommen, und vollkommen war, wie du mich, meine Briefe und Anrufe, behandelt hast. Wir nahmen Gestalt an, waren wenig, wurden mehr.

Wenn ich los, los, Rashid sagte, so ganz vertraut, los, los Rashid, pack deinen Krempel, dann verfrachte ich dich in ein Flugzeug. Lass uns irgendwo sinnlos sein. Dann packtest du, zogst hinter uns die Tür ins Schloss, sagtest es nicht, zeigtest aber: Lass uns reisen, aber eigentlich ist es egal, wo wir sind, was nur wir sein können.

Ich lag nackt und schwitzend mit dir auf dem Teppich unseres Hotels in Dublin, weißt du noch? Glücklich, atemlos, und du sahst runter auf mich und pflücktest meine Schamhaare von deinen Lippen.

Ich will einen Fetisch, sagte ich, du starrst gegen die Decke. Ob du mich gehört hast, weiß ich nicht.

Tage später, wieder in Wien, öffnest du den Mund und ziehst dieses Stück rund geschliffener Jade heraus, diesen Handschmeichler, den du aus Irland mitgebracht hast. Du hast ihn im Mund, berührst, was ich berührt habe. Ich hatte ihn im Mund, nachdem deine Lippen ihn mir übergeben haben. Wie aufmerksam er ist, dachte ich, wie er doch nichts überhört. Heute schiebe ich diesen Fetisch zwischen meine Beine, wenn ich allein in Tokio sitze.

Es hört nicht auf mit unserer Vereinigung. Immer noch vereinigen wir uns, nie werden wir fertig. Ganz hilflos macht mich das, und ich werde zickig, nur damit ich mich danach umso besser vereinigen kann. Bevor wir wurden, was wir sind, war mein Mythos die Vereinigung, dein Mythos war die Pornographie. Gemeinsam war uns, keinen Eingang in den Zustand der Selbstauflösung zu finden. Heute fließen unsere Domänen ineinander.

Und auch dies ist ja ein neuer Anfang. Wie die früheren. Ich liebe die Verliebtheit, solange sie Illusionen ansetzt, bin wehrlos vor ihr, denn sie ist meine Lebensform geworden. In der Sprache der Leistung spricht sie nie, eher macht sie mich standpunktschwach. Die wahre Liebe führt kein geregeltes Leben.

Damals, nachdem wir uns wieder gesehen und die erste große Woge unserer Liebe geritten hatten, kam ich heim nach Tokio und war sofort von fataler Wirkung auf alle möglichen Männer. Du weißt schon, hier ein Tee, da eine Telefonnummer. Mögen Sie Shabu-Shabu, das flüssige Fleisch? Haben Sie je Yakitori versucht oder Tonkatsu? Keine Angst, ich kenne den besten Kugelfischkoch.

Bis heute glaube ich, dass man dich mir ansieht. Wenn aber andere Männer sich von diesem Ausdruck angezogen fühlen, den du in meine Züge malst, heißt das nicht, du hilfst mir, dich zu betrügen? Ich jedenfalls nehme diese Ausstrahlung als eine Fernwirkung deinerseits und habe schon früher nicht ungern gesehen, wie sie dich unruhig machte. Es war Zeit für etwas Unruhe, Zeit, unsere Straße zu verlassen, nicht jener Gravitation zu folgen, die Verhältnisse wie unseres allmählich zu Boden zieht.

Mein kleines Zimmer in Tokio gefiel mir, es reichte als Sprungbrett in die Welt. Ein echter Transitraum, in dem immer beides gleichzeitig war, Nähe und Ferne, und ich reiste los, dir näher zu sein, mich noch weiter zu entfernen.

In den Galerien, Kunsthandlungen, Museen von Tokio und Kyoto, in der Ukraine oder in New York, immer dachte ich, jetzt teilen wir uns das Element der Fremde, und im nächsten Augenblick: Jetzt ist die Ferne noch ferner. Das ist sie, sobald wir beide nicht sind, wo unser Lebensraum ist: In dieser Wohnung hier, hinter der Tapetentür, an dem einzigen Ort der Welt, wo das Glück keine Halluzination ist.

So bin ich gereist, mehr gehetzt, von Verkehrsmittel zu Verkehrsmittel springend wie die Kunstreiterin zwischen den Pferderücken, magnetisch angezogen von der immergleichen Situation, in der ich den Mantel abwerfen, den Computer anschalten, deine Adresse eingeben und schreiben würde: »Da bin ich wieder. Zurück aus den Großstädten, raus aus den Läden, raus aus den Flugzeugen, weg von den Geschäftigen, die schlagenden Taxi-Türen hinter mir und jetzt, schnellen Schrittes auf dich zugehend, meinen Lichtblick. Kann ich mich ein bisschen mit dir vertraut machen? Kann ich dich jetzt küssen? Das wäre schön.«

Das wollte ich sagen, das hätte ich sagen müssen. Aber wahrscheinlich ist mir der Schlaf oder die Sehnsucht oder das Fernsehprogramm dazwischengekommen. Wie kann es sein, dass du mich so nicht kanntest? Und am kommenden Morgen wachte ich auf und hatte nichts gesagt und nichts geschrieben und reiste wieder ab.

Verbrachte die nächste Nacht in Kyoto schlaflos, aufgewühlt von deinem Fax mit seinen kleinen, belanglosen Erzählungen und den eingestreuten, abrupten Liebesbezeugungen, die plötzlich so substanzlos wirkten. Das alles war mir, zumal in der Nacht gelesen, zu wenig und machte mich außer der schon notorischen Einsamkeit in Japan wütend, fordernd, ohnmächtig, auch weil du mir wieder väterlich kommen wolltest. Der Liebe gefällt es also wieder, dachte ich, mit Leiden aufzutreten.

In solchen Situationen eitern die Späne im Fleisch. Ich hatte den vierten, von dir bloß flüchtig telefonisch beantworteten Brief geschrieben, erzähle in einem unserer Telefonate von etwas, das mir gerade einfällt: »Das würde ich dir gerne schreiben.«

Du antwortest: »Du kannst es mir doch einfach ein andermal sagen.«

Deine Angst vor noch mehr Bekenntnissen schien mir kein gutes Zeichen.

»Gut«, sage ich, »aber eines noch schnell jetzt.«

Du sagst wieder: »Wirklich, besser ein andermal«, und als ich dann, wohl schon mit eifersüchtigem Unterton, frage:

»Warum, musst du weg?«, erwiderst du:

»Ich muss aufs Klo.«

Fassungslos mit dem Hörer in der Hand bleibe ich zurück.

Einbildungen. Trotzdem habe ich den nächstmöglichen Flieger genommen. Dieses Mal unter einem Vorwand, selbst für dich. Schob London vor, wütete heimlich über deine Gleichgültigkeit. Wie unreif: Statt den Zustand meiner eigenen Bekenntnisseligkeit zu genießen, feilschte ich um die richtige Form deines Liebens und wütete gegen deinen männlichen Pragmatismus.

Ich war genauso vorsichtig mit meinen Vorwürfen, wie du empfindlich für den dissonanten Klang. Gesagt hast du es nicht, aber gedacht: Wie kannst du klagen, ist doch alles, was du vorbringst, so richtig wie irrelevant. Gesagt hast du:

»Sei froh: Was dich empört, ist doch der Grund dafür, dass schon zwei Jahre, bevor du kamst, keine Frau an meiner Seite blieb.«

Flog zurück. Erschöpft, aber erleichtert.

Wachte in Tokio mit einem Traum auf den Lippen auf, der schwerelos und glücklich war und nach Heu und Meer roch. Nein, dachte ich, heute gehe ich nicht mehr aus, soll das Leben machen, was es will, und mögen die guten Feen auch lächeln aus den Horoskopen und sagen, dass es schön wird. Ich vergrub mich in meiner Zelle, trug deine Knutschflecken wie Trophäen, so wie sich fette Holländer in Afrika Löwenzähne um den Hals hängen. Die Blumen im Zimmer öffneten schamlos ihre Blüten. Alles war da, alles sah dich an.

Manchmal hast du mir so gefehlt, dass ich dich in meinem kleinen Zimmer in Gedanken an der Hand genommen habe und mit dir auf und ab gegangen bin. Dann haben wir »Wien« gesagt und uns erzählt, was wir sehen. Ein Schwätzchen hier, ein Gruß, ein Stehen-Bleiben vor einer Fassade. Mein Gott, was haben wir, selbst getrennt, für ein Talent gehabt, glücklich miteinander zu sein!

Das war die glücklichste Ferne, an die ich mich erinnere. Nicht Nähe, gerettete Nähe machte mich auf diese Weise glücklich, auch wenn ich in all der Zeit wusste, nach drei Wochen würdest du schmachten, nach sechs fatalistisch klingen, nach zwölf Wochen spätestens würden sich die gefährlichen aufrechten Falten der Gereiztheit auf deiner hohen Stirn bilden.

»Dann muss und werde ich bei dir sein«, schrieb ich dir, »werde dir sechzehn Töchter schenken und sie werden Lichtblick Eins bis Sechzehn heißen. Ich werde dein Zimmer wiedersehen und deine Straße, die Galerien, die du besuchst, und die Restaurants, und ich werde zu kennen beginnen, was ich heute nur nennen kann.«

Ich trage dich und die Bilder unseres Lebens lange schon in mir herum, immer schon, eigentlich. Das muss so sein, weil du im Grunde immer schon in meinem Leben gewesen bist. Vielleicht war ich deshalb so ruhig, so ausdruckslos mit dir, so fraglos.

Doch andererseits: Es ist das 21. Jahrhundert, es ist die neueste Welt, es ist Tokio, und du glaubst, es sei so leicht, hier ein erwachsenes Mädchen zu sein und nicht zu sündigen? Du glaubst, es sei leicht, kein Unglück anzurichten, wenn man ist wie ich?

Stattdessen habe ich gewartet, der Zeit beim Trocknen zugesehen, Zigarettenkippen hinterlassen, Anweisungen zum Erhitzen von Fertiggerichten befolgt, Auflistungen der Exportbeschränkungen von Tsubas in den asiatischen Raum, U-Bahn-Pläne und noch mehr Krempel studiert. Was erhebt mein Herz? Ist da mal eine kleine lesbare Sünde eingetroffen? Nichts dergleichen.

Oh, dieses apricotfarbene Zwanzig-Euro-Röckchen, diese von den Straßen Tokios rau gefeilten Treter, der Duft des Puders aus einer anderen Zivilisation. Ich bin ja von oben bis unten behangen mit Fremde. Du wirst dich vielleicht erst durch meine Neue Welt hindurchtasten müssen, ehe du auf mich triffst.

Hast du dich rasch an uns gewöhnt? Saßest an deinem Computer, und schon bald zitterten dir kaum mehr die Knie, wenn ich dir eine Mail schickte, in der ich dir meine Nacktheit anbot. Aufs Klo zum Abreagieren bist du wahrscheinlich schon lange nicht mehr gegangen, und die Frau mit den schattierten Augen, die sich das Mark aus den Knochen sehnt, trieb ihren einsamen Vermählungssport in Tokio völlig ohne deine Unterstützung.

Es regnet, es ist kalt geworden, der Himmel wird nicht hell. Ein anderes Mal brennt die Sonne, sie lässt die Mauern duften und die krummen Beine der Japanerinnen noch bleicher scheinen. Oh weh, wie ist das Wetter? Was muss ich einpacken? Sprich mit mir, alltäglich, mach mich lebendig.

Ich schaue Bilder aus unseren guten Tagen an, um zu fühlen, wie sich die Erinnerung zurückzieht. Die Körper sind so weit weg. Ich interessiere mich längst weniger für sie als für die Strecke zwischen mir und dem Bild ihrer Verschmelzung.

Japan ist gut. Man wird nicht angefasst. Ich bin sicher, wir riechen nicht mal gut in japanischen Nasen. Nein, weit weg ist meine Welt. In der fernsten Ferne. Und dann will ich nur noch raus, weg, Türen schließen, die Fabrikuhr auf null stellen und in die Welt rein. Ist das noch etwas für Erwachsene, was ich hier mache?

Ich werde dich und mich auf die Reise mitnehmen, wo du einfach von Irgendwo nach Irgendwo ein paar Eisenbahnstunden mit mir zurücklegen könntest, bis in die halbfertig gebaute Pension am Störtebeker-Theater auf Rügen, bis in die Mohnwiesen, bis in den Duft des abendlichen Joints hinein, in dessen Wolke wir uns umarmt hätten. Ich bin bei dir. Unter dir. An dir. Natürlich auf dir, hinter dir. Weil's aber nicht kann sein, weil's aber nicht kann sein …

Aber sieh mal, wenn du schon nicht in die Welt hinaus kannst, dann könnte ich doch deine innere Außenwelt sein. In deinem Leben solltest du unbedingt so ein Exil haben. Das Land, in das man mit einem Codewort tritt und dessen Grenzen sich hinter uns schließen. Unsere Provinz, unsere Enklave. Wo rede ich mich hier nur rein?

Übrigens verpasst du hier nichts. Warte. Hier kommt eine Momentaufnahme namens Heute, gesehen durch die Zeitung: »Mediziner kritisieren die Darstellung psychisch Kranker in Horrorfilmen.« – »Japanerin verschläft 115. Geburtstag.« – »Wie geil macht Halbfett-Margarine?« – »Christus erscheint im Fladenbrot.« – »Die Tendenz geht zum Spaß-Telefon.« Das ist nicht die Wirklichkeit, in die du zurückkehren sollst. Ich bin es.

Wenn mich die Leute in Japan fragten, wie es mir gehe, ungläubig fragten, denn du warst ja immer weit weg, dann antwortete ich beruflich. Wenn sie nach meinem Freund oder meiner Liebe fragten, antwortete ich wie eine Schülerin, die den Stoff aus dem letzten Schuljahr nicht mehr richtig auf die Reihe kriegt. Meist fragten sie gar nicht.

Was hätte ich auch sagen sollen? Dass ich dich fürchte und liebe? Das tue ich, und mit dem Fürchten fange ich morgens bereits an. Dass ich an dich glaube wie an eine Himmelsmacht, denn wissen kann ich dich nie? So war es doch, und heimlich schrieb ich dir unabsendbare Briefe, die mit den Worten begannen: »Lieber Rashid, der du bist im Himmel ...«

Das war mir gerade groß genug.

Irgendwo hört die Prosa auf und die Ausrufe fangen an.

Ach, mein Lichtblick, was soll ich nur sonst sagen, du fielst wie ein breiter Fächer aus Sonnenstrahlen über mein Leben. Ich denke an flämische Gemälde mit Landschaften, die durch ein einziges Wolkenloch beleuchtet werden. Und wo bin ich gelandet: Im Streulicht deines

Krankenzimmers, und ich kenne nicht einmal deinen wahren Aufenthaltsort.

Doch sehe ich endlich, wie perfekt du warst, wie du mich gestaltet hast, als wäre ich wirklich, wie man so sagt, deine »bessere Hälfte«. Vollkommen war das, wie du mich, dich, die Briefe, die Räume, den Schaum aus all den Tagen geformt hast. Ich bekam dich ganz, aber mit Blick auf einen Abgrund, eine Sperrzone. Verschwinden wollte ich mit dir oder dich verschleppen, in ein Erdloch, in eine fremde Stadt, wollte mich ernähren von deinen Geheimnissen.

Neulich wachte ich in einer dieser Wiener Sommernächte auf, wollte dich anrufen, denn du hattest laut und glücklich nach mir gerufen. Nach deinem Ohr wollte ich fassen durch den Apparat, aber du hattest den Hörer versonnen in deinen Schoß gelegt und mich angeblickt wie eine Sommerwiese.

War nur Tage zuvor von einem Nachtzug in eine Baustelle chauffiert und ausgesetzt worden, worauf ich mit einem redseligen verhinderten Schauspieler ein Taxi teilen musste und keine zwei Minuten Ruhe hatte. Er roch nach Rauch. Das auch noch. Und ich war so mürbe davon, ohne dich zu sein. Wenn ich jetzt mit ihm zu uns oder zu ihm führe, wenn ich einfach geschehen ließe, was so leicht, so bedeutungslos … Ich konnte mich kaum abbringen von solchen Gedanken, trotz meines Degouts, nein, angezogen von ihm. Es war wie eine Selbstbestrafung für mein Verlangen, endlich wieder in einer Umarmung zu liegen.

Eines Nachts werde ich stattdessen an dein Bett treten und lege mich zu dir, ein Arm über deiner Hüfte.

Kannst weiterschlafen, werde ich dann sagen, und du wirst es tun, während ich wie im Film weiter mit offenen Augen daliege und man von außen in unseren Zügen nicht das Geringste würde lesen können. Nur deuten ließe sich alles.

Kannst du die Stille hören? Die Nacht erholt sich vom Gewitter. In den Hotels sind jetzt nur noch die Sünder und die Jetlag-Patienten wach, und den Nachtwächtern und Krankenschwestern und Ärzten im Bereitschaftsdienst wird jetzt die Zeit am schwersten.

Meine Arbeit trägt mich weit weg, das ist wahr, aber meine wahre Arbeit warst du. Wusste ich, dass du zur selben Zeit irgendwo eine Rede hieltest, bewegte ich die Lippen mit. Du brauchst drei Sätze, und das Auditorium lacht, nicht wahr? Aber der Blick der Menge reicht nicht bis in das Hintergründige an dir, glaube ich, und das muss ich glauben, denn dort beginnt mein Hoheitsgebiet.

Wenn du wieder bei uns bist, werde ich sagen: Lass es. Komm, raus aus diesen Zirkeln, von den Rednerpulten weg, aus dem Neonlicht der Museums-Magazine und Werkstätten, hinein in unser unendliches Gespräch. Es wird Zeit, dass wir es uns leichter machen.

Gleichzeitig ist aber auch wahr, dass ich mit Vergnügen nachts allein auf mein Zimmer ging und mich im Traum zu dir legte, verschwörerisch. Oh, mein Herr Lilienduft, so war doch der Name, nicht wahr? Hören Sie, ich war ganz schön allein an Ihrer Seite ohne Sie. Komm, träumte ich, melde dich, gib mir ein gutes Wort, und wenn du schon schlaflos bist, dann trag mir im Nachthemd ein Glas Tee durch die Gasse.

Und dann unser verzögertes Wiedersehen.

Du wolltest nicht kommen.

»Ist deine Flugangst das stärkere Gefühl oder deine Liebe?«, fragte ich.

Ich sollte kommen. Aber was hättest du Tokio entgegengesetzt? Unsere alten Plätze in Wien, die Wohnung in der Grünentorgasse? Die Rossauer-Lände wolltest du abwärts streifen, Germknödel und Topfenstrudel essen und mich in der Loos-Bar mit Flaschen umstellen, das wolltest du, denn so maltest du dir die abendländische Romantik aus, zum wievielten Mal?

Egal, wie neu wurde all das herbeigesehnt und verabredet. Aber nein! Ich musste mich in Shinjuku rumtreiben, auf der Suche nach ein paar monströsen Blättern von Utamaro, geknäuelten, nackten Körpern mit überdimensionalen Genitalien. In deinen Augen wohl bewundernswert, aber lächerlich. Wie kann eine Frau für so etwas immer wieder die halbe Welt umfliegen, ihren Liebsten warten lassen? Das dachtest du doch, nicht wahr? Und dich mit dem verrotzten Taschentuch stehen lassen? Ich glaube, tief unten gefiel dir das, du wolltest schmachten, und ich sollte Schwänze kaufen.

So blieb ich eine lange, eine entscheidende Woche weg, kam zurück, und die große Schlaflosigkeit hatte von dir Besitz ergriffen. Was sollte ich damit anfangen? Sie teilen. Ich sehe uns noch nachmitternächtlich in Flanellpyjamas am Küchentisch sitzen, Linzer Torte essen und Schiffeversenken spielen. Ich trank Kleine Braune und legte »Someone to watch over me« auf. Das war schön. Das wäre immer noch schön.

An einem dieser Abende hast du mir von dieser »attraktiv und talentiert«-Jablonski erzählt! Ich bitte dich! War sie die Antwort auf deine Schlaflosigkeit? Eine Verträumte, müde bis ins Bett?

Nein wirklich. Einen Abend hattest du mit ihr absolviert, auf brauner Entenhaut rumgekaut, farblose Liköre getrunken, ebensolchen Reden zugehört und danach traumlos zwölf Stunden geschlafen. War es nicht so? »Morbus Jablonski« nennt das die pathologische Fachwelt, habe ich behauptet und gelacht, so sicher, so herrlich sicher war ich mir deiner.

Und war ich nicht selbst zur gleichen Zeit mit diesem riesigen, stimmlich, figürlich, charakterlich riesigen Jim Cleeves, an allen japanischen Bouncern vorbei, über alle moralischen Demarkationslinien hinweggestürmt, habe ihm meinen rechten Arm im ärmellosen Kleid hingehalten, mich unterhaken lassen und dabei heimlich geknirscht: Take this, may serve you well.

Nein. Ich war deine treue Strohwitwe, und nachts, wenn dein Schlaf dann wirklich eingetroffen war, kehrte ich heim, froh, treu zu sein.

Was soll ich denn erst sagen! Warten, immer Warten, dann fernöstlich-fernwestliche Entfernung und dann und wann ein drohender Finger: Wehe, du kommst nicht! Wehe, du bist nicht! Wehe, du willst nicht!

Und du, Mann meines Herzens mit dem schönen Namen und dem Mut, du zu sein? Wer bist du heute? Und wohin gingen wir heute, wenn es denn ausnahmsweise einmal Tokio wäre? Wie viel Uhr wäre es? Was hätten wir an? Ich läge mit dem Rücken auf einem gefliesten

Boden, hätte einen Grashalm im Mundwinkel und würde deine Hand nehmen: Nicht böse sein! Nicht schimpfen! Ich bin spät, aber jetzt bin ich da. Ja?

Verstehe. Du siehst dir meinen Körper an. Meine Arme. Meinen Mund. Meine Waden. Meine Hände. Meine Ohren. Meine Oberschenkel. Und wenn ich erst den Rock hebe. Ach, mein Viel-Aufmerksamkeit-brauchendes-Jüngelchen, es wird täglich dunkler, lass uns mal ein bisschen lieb sein.

Nur zu. Wie gut.

Am Anfang wecktest du einen unberührten Vorrat an Zärtlichkeit in mir, an Gesten, die mir selbst nicht vertraut waren. Ich weiß nicht, woher das kam, dass ich dir so gern mit dem Daumen die steilen Falten über der Nasenwurzel ausbügelte oder dass ich mir deine Armbeuge um den Nacken legte, wie unter Freunden damals auf dem Schulhof, oder dass ich dir erst die Hand über die Augen legte, ehe ich deine Lippen küsste. Aber ich weiß, dass diese Gesten schon in mir waren, bevor wir uns kannten, auch wenn ich sie noch nie vollzogen hatte.

Heißt das, die Liebe ist schon fertig, bevor sie weiß, was sie liebt? Heißt das, man fängt gerade erst an und schon erinnert man sich an die Liebe?

Und was ist das, was mich gleichermaßen begehren lässt, was ich habe und was mir fehlt? Wo soll das enden? Ist dies Begehren ein Erkennen mit anderen Mitteln? Ich habe dich durchfühlt und begehre dich immer noch. Bist du das, treibst du mich durch dich hindurch wie durch ein winterliches Dorf? Willst du, weil du ruhst, dass ich rastlos bin?

Mal fühlen, wie du dich heute anfühlst, mal nachsehen, wie du guckst, mal deine Hand ergreifen und an mir runterführen. Schon dafür muss ich Lippenstift tragen, die Schmiererei ist doch egal, es wird nicht die letzte sein. Ob ich das alles sein kann, was ich dir sein muss?

Meine Leibwäsche ist ohne Reiz, was kann ich dir zeigen? Ich ziehe mir die Strümpfe an, magst du das? Wenn uns nichts mehr bleibt, haben wir doch immer noch unsere Gesprächspause, den Sex, nicht wahr?

Seit es Filme gibt, weiß ich, wann man Sex einsetzt: wenn man nicht mehr weiter weiß.

Aber ich weiß inzwischen auch, diese andere Sprache der Liebe ist nicht minder unverständlich, missverständlich, das heißt, sie ist wirklich Sprache.

Als wir noch miteinander schliefen, hatte ich immer Schwierigkeiten, mich selbst zu verlassen, um in dir aufzugehen. Irgendwie kam ich nicht bis zu dir hinüber. Ich drehte mich um. Du hattest das Feuilleton beiseite gelegt und lagst bereitwillig da wie in einem Zustand vor der Liebe, in der nackten Umarmung, von wandernden Küssen bedeckt, unentschlossen, ob das in Schlaf oder Beischlaf enden solle. Da habe ich in dein Ohr geflüstert »Komm!«, aber du nahmst es wie einen Marschbefehl, wie deine vaterländische Pflicht und überquertest deine Grenzen. Später hattest du die Spitze meiner Brust im Mund, aber deine Augen sahen konzentriert an mir vorbei. Ich hätte schreien müssen vor Aufregung. Wenn ich eins gewesen wäre mit dir, hätte ich dann den Höhepunkt der Lust nicht gleich erreichen müssen? Aber was war?

Du lebtest in geschlossener Gesellschaft mit dir selbst. Weil wir diese Empfindung teilen, darf ich so reden. Aber mit welchen Vorstellungen vom Weiblichen rennst du durch die Welt? Kann ich es dir leichter machen? Dann lass dir von mir helfen. Einmal mit der Hand kostet was? Einmal an ungewöhnlichen Orten was? Einmal drei Stunden Bettgelage? Ach komm, du wärst der Erste, der es nicht liebt, dafür zu bezahlen.

Doch während ich dir ansah, wie sich die Hilflosigkeit in deinem Gesicht immer weiter ausbreitete, machte ich die für mich unglaubliche Entdeckung: Du hast mein Geschlecht nicht verstanden. Eigentlich weiß ich nicht einmal, was du weiblich an mir findest: Dass ich meine Fingernägel feile und meine Schlüssel nicht finden kann?

Lass uns noch einen Augenblick in dieser Post-Coitum-Stimmung bleiben, Sex ist jetzt zu viel Strapaze, es reicht, dass wir da liegen, und ich mit meiner Hand auf deinem Schwanz. Ja, und lass uns auf das Metropolitan Government Building steigen und unsere Jagd durch die Stadt beginnen, an jedem heimlichen Ort gibst du mir etwas, einen Blick auf deinen Schwanz oder ein halbes Lächeln. Wir hinterlassen Zettel, wir drohen uns fast zu verlieren und haben uns plötzlich, wir küssen uns in einem naturkundlichen Museum tief und nass und sind wieder verschwunden, so etwa.

Wie du wohl bist?

Bist du so? Wie du mir scheinst?

Ich bin schon still, stopfe dir meine kleine Brust in den Mund, ich schweige. Begonnen haben wir mit dem

Sex der Einsamen. Jetzt stell dir vor, wir könnten wirklich auch weiter etwas miteinander anfangen. Ich meine, nicht nur im Körperlichen, sondern weiter, weiter, im Reden, Reisen, Staunen, dann wären wir, weiter, weiter, ein glückliches Paar? Unvorstellbar. Unvorstellbar?

In Tokio gab es Tage, da mochte ich sogar das Gefühl, unter der unerfüllten Lust zu leiden. So wie ich es mochte, wenn du mutig warst, dich überraschend schenktest und über die Stränge schlugst, und trotzdem konnten unsere Körper nichts, das unsere Köpfe nicht schon im Schlaf beherrschten.

Die kleinen Lichter auf dem Grund deiner Augen: Daran halte ich mich fest. Auch wenn ich sie nie wieder gesehen habe, ist mir unsere Normalität seitdem noch kostbarer. Es war ganz gewöhnliches Leben in deinen Augen.

Sei auf den Mund geküsst.

Werd jetzt bitte sofort nervös. Auch du musst mir deinen Körper schlicht überlassen, wie er ist. Auch wenn er einen langen Weg durch die Nacht hinter sich haben sollte, mit schwindenden Muskeln, eckigen Bewegungen. Deine Nacktheit ist wunderbar, und während ich dir dies sage, könnte ich natürlich schon wieder sagen, komm zieh dich aus, gib mir etwas von dir, mach mir den Mund voll. Und es wird sich anfühlen, als entjungferte ich dein Leben. Jetzt mal so herum. Ich deines. Nicht wahr?

Ich freue mich auf diese Zeit mit dir, dieses gemächliche Ein- und Ausatmen. Ich freue mich auf den Blick, mit dem ich dir folge, der Vorstellung dessen, was in deinem Kopf, in deinem Blick vorgeht, der Vorstellung von Verfügbarkeit, deiner, meiner. Von ihren ersten Konjunktiven erholt sich die Liebe nie wieder.

Und dein Blick! So ein bisschen nachsichtig, auch geduldig, dann schwärmerisch, aufmunternd, schließlich forsch, sogar fordernd, und am Ende führe ich deine Hand und bin mit ihr noch handgreiflicher, als ich es dir erlaubt hätte, und während sich deine Augen umfloren, schaue ich dich gerade und ohne Wimpernzucken an. Das dazu. Wach auf!

Bis wir uns sehen, werden wir lauter Möglichkeiten durchdacht haben, und alle Frauen, von denen du alles hättest haben können, müssen draußen bleiben und sich unsere Geräusche anhören oder das Ausbleiben unserer Geräusche, und niemand begreift unsere Choreographie.

Gib mir mal deine Hand. Gute Besserung. Sei bitte hier. Unsere Nähe ist das Element, in dem ich mich am liebsten aufhalte. Die Ferne hat sich erschöpft. Ich kenne sie wie jede Straße in meinem Geburtsort, wie jeden Winkel meiner Wohnung. Komm, Mann, oder besser noch: Bräutigam, komm mal eben in das Versteck unserer Nähe und sage nichts, damit ich sagen kann: Das Gute ist, du darfst für mich sein, wie und was du sein willst, alles ist gleich nah und gleich richtig, und an eine Moral des Gefühls glaube ich nicht.

Ja, mein großer polyglotter, mein abwesender Freund und Geliebter, reise du nur und sieh jenseits der Grenzen nach, ob die Luft rein ist. Wenn du zurückkommst, dann will ich nachsehen, ob man die Welt, aus der du kommst, in deinen Augen findet. Ich reise auch, kehre zurück und tauche in deinen Blick: Da liegt sie, die Hauptstadt unserer Liebe, in deinen Augen.

Da liegen sie, alle deine Botschaften. Manchmal ganz klar, dann wolkig, als sei es für dich selbst besser, nicht genau zu verstehen, was du schreibst. Wir teilen uns auch in das Nichtverstehen.

Und ich? Über Stunden und Stunden so still. Ich war zu Hause, und doch ist es so, als käme ich erst hin. Was ich gedacht und dir gesagt habe, müsste man von einem anderen Ort aus ansehen, von wo es sich läse wie ein einziges Wort, wie fremdsprachiges Schweigen, wie eine abgelegte Garderobe aus Vokabeln und schönen Sätzen.

Ich habe mir Gedanken gemacht, unnütze, dann war ich bei dir. Wir sagten nichts, aber nur, weil wir früher so gesprächig waren. Wir waren uns nah, erstaunt, uns so nah zu sein, wir fühlten uns ohne Küssen. Dann mit. Es kommt mir vor, als flösse der Duft deiner Berührungen aus allen Falten und Vertiefungen meines Körpers erst allmählich ab.

Mein Verlangen nach dir ist so groß, dass ich mitten am Tag weinen muss. Es ist das Resümee beider Zeiten, der, in der wir zusammen waren, und der, in der wir uns vermissen mussten. Was wir sind, liegt in beiden Zeiten, und während jeden von uns jeder neue Augenblick reiner Gegenwart wegspülen wollte, hielten wir stand und entdeckten erschreckt, dass wir doppelt leben würden. In Anwesenheit, Abwesenheit. Fülle, Mangel. Nähe, Ferne.

Und andererseits: Die Liebe zu dir ist ein Leben im

Überfluss, geregelt vom Ernst unserer Gebote: Dass wir uns die Wahrheit sagen, dass wir nie unversöhnt einschlafen, dass wir uns zur Nacht anrufen, dass wir nicht ungeküsst schlafen, das wir nicht streiten vor anderen. Lauter gemalte Prospekte, errichtet vor dem Anblick von Abgründen.

Habe ein paar Abende in Roppongi verbracht, um dich darin zu finden. Den Blick des ersten Mals, den kenne ich. Den meine ich nicht und auch nicht deinen Fotoblick, den mit dem theatralischen Schmachten nach links, mit dem blanken Oberkörper und den damals noch hinter den Ohren herabfallenden Haaren. Das war mir schon zu viel Visconti. Nein, ich meine den Flaneur, der wie ich flaniert, mit ungläubigem Staunen, Gesichter einatmend.

Ging ins »Safari«, das du mochtest, weil es dich an Europa erinnerte, saß nachmittags fast allein. Hinter mir auf der Bühne groß und herrlich, ich meine auch monumental in ihrer Nacktheit, Nadja, eine Gewitterhexe aus Osteuropa, unauslöschlich prostituiert.

Doch froh war ich, eine Frau zu sehen, die sich noch dazu für mich verbog, während sie mir starr in die Augen sah, sich so verbog, wie sie glaubte, dass einer Frau es gefallen müsse, und die dann mit einem Stolz wie nach einer großen Leistung gemächlich von der Bühne kam, noch schwer atmend mir die Hand gab und mir sinnloserweise das »Versprechen« abnahm, wiederzukommen. Ich versprach es in ihre Rechte, die eben noch in ihrem Schritt gewesen war.

Da habe ich wirklich gedacht, ich komme ihr noch mal unter die Augen, die so schwesterlich lesbisch gucken können, und sehe mir ihre Riesigkeit, ihre blank polierten Gliedmaßen noch einmal mit dem Blick des Begehrens an. Die Lust darauf verspürte ich wie die Ausläufer der letzten sexuellen Aktivität, die mein Körper noch registrierte, nachdem er deinem schon so lange entsagt hat. Dann erkaltete ich in dieser Sommerhitze, die zu schwer lastet, und warte seither auf dich.

Was soll das, dieses Masturbatorische an meiner Erzählung, dieses unscharfe Bezirzen? Es geht nicht, nicht immer. Was sollte ich suchen in dieser Erzählung, wenn nicht dich? Mich etwa?

Sag, was soll ich sein, deine Frau, deine Liebste, deine Witwe? Du hast mich im Exil zurückgelassen. Manchmal versuche ich, mich in meinem Leben zu identifizieren wie auf einem Suchbild oder auf einer Aufnahme aus Schulzeiten: Welche bin ich? Oder wie in einer Gegenüberstellung in amerikanischen Filmen: Erkennen Sie den Täter? Mit dem Erschrecken vor dem eigenen Passbild: Das bin nicht ich!

Hast du es so gewollt?

Warum bestehe ich auf dir? Warum sollst du wach sein, antworten? Es ist doch alles fiktiv? Warum lasse ich dich nicht dämmern und baue eine Kathedrale um dich, in die ich pilgern kann? Glaube ich etwa plötzlich an die Vereinigung der Menschen? Nein, ich glaube an die Kapitulation.

So oft habe ich mir vorgestellt, wie ich in deiner Wohnung im 9. Bezirk die Zeit totschlage, bis du nach Hause kommst. Der erste Morgen in deiner Fremde. Kaum bist du draußen, mit Türenknallen, wahrscheinlich singst du sogar auf der Treppe, bewege ich mich durch dein Zimmer.

Wie riecht dein Bett? Aha. Was liegen für abgelegte Kleider herum? Was verrät dich, und wo verstecke ich mich, ehe du zurückkommst? Es gibt kein Versteck, das machst du extra. Also muss ich mich auf den Teppich legen und warten, dass du kommst und mich bedeckst. Kein Wort, lass uns nur so liegen. Deine Augen sehen fragend aus. Natürlich. Und natürlich würde ich dezent sein, und natürlich würdest du es nicht sein.

Wien habe ich zu deiner Stadt erklärt. Ich hätte mich schweigend deinen kapriziösen Vorlieben überlassen. Also Spiegeleier zwischen Synthetik-Bettdecken, Klobassen am Kiosk an der Ecke, Samstagnachmittage im Dorotheum und Stunden der Selbstvergessenheit erst auf dem Naschmarkt, dann im Sperl.

In Japan dagegen fühle ich mich als eine Arbeitseinheit, die keine Zeit für Marotten hat. Hast du auch so oft an unsere nächste Begegnung gedacht? Wie wir einander gegenüberstehen würden? Hier? In einem Hotelzimmer? An einem verfallenen Ort der Verfallenheit? Aus zwei Himmelsrichtungen kommend? In den ersten Minuten alles ahnend, in den ersten Stunden alles wissend? Hast du die Nähe auch nie inniger erlebt, als in der Nacht, in den Augenblicken, wenn man nur halb wach wird, aber die Berührung sucht, ins Leere greift und die ganze pralle Leere deinen Namen hat.

Manchmal sah ich uns aus der Entfernung mit der Empfindung, wir blickten beide zu unserem eigenen Bild auf. Wie eine riesige erleuchtete Schautafel über einem Boulevard hing es da im Nachthimmel. Eine Zeit lang trug ich zwei Uhren, mit deiner und mit meiner Zeit. Und eine Zeit lang ging ich jeden Samstagabend in den Hibiya-Park, sah mir alle die Gepaarten an und weinte.

Ich rief dich an, aber deine Antworten konnten mich nicht beantworten. Ich reiste, um mein Leben zu ändern, nichts änderte sich. Schon gar nicht die Liebe. Ich hab mir zu schaffen gemacht in den Vororten und Randbezirken. Ich bin eingecheckt in kleinen Hafenorten, wo mich das Tucktuck der heimkehrenden Boote bis in den Schlaf verfolgte. Ich habe mich bewegt, nur weil ich daheim in Tokio nicht mehr wusste, wie ich liegen sollte. Ich habe mir die Geschichten wandernder Reisbauern beim Abendessen angehört, nur um eine andere Welt zu haben, als die, auf der ich mit dir allein war.

Du sahst dir zu Hause in Wien japanische Filme an. Dir flogen die geschredderten Cartoonfetzen der Mangas um die Ohren. Mit der Affektion der Fräuleins darin, mit den steifen Körperneigungen der jedem und allem Untergebenen konntest du nicht viel anfangen. Als ließe dieser Moloch sich so entziffern!

»Jetzt heißt die Stadt nicht mehr Tokio«, sagtest du später, »jetzt heißt sie Valerie.«

Wie schön, wie hilflos, denn in all der Zeit war ich schon, was ich geblieben bin: Die Geisel deiner Abwesenheit, und du hast geradezu insistiert darauf, abwesend zu bleiben.

Muss Liebe so sein?

Dann endlich, als ich schon kaum mehr daran glaubte, hast du dich doch für einen Besuch in Tokio entschieden. Vermutlich wärst du nicht gereist, hättest du mich nicht auf meinem Rückflug begleiten können. Aber wir konnten uns nicht trennen. Also trennten wir uns nicht, und so hast du zum ersten Mal im Leben alles für mich stehen und liegen gelassen. Mein Ritter!

Elf Stunden Flug, und du warst in Tokio, einsilbig, weil dir die Augen übergingen, verschlossen, weil du nicht verstandst. Narita Airport, der Shinkansen-Zug, dann Roppongi, Shinjuku, dann Times Square, ich sehe dich noch da stehen, fassungslos, über dir sechs ineinander verflochtene Stadtautobahnen, glanzlose funktionale Architektur, über und über beschriftete, tätowierte Wände. Wer kann noch glauben, Amerika sei die Zukunft? Sie ist hier, und auch wenn sie Patina ansetzt, sie ist hier.

Erinnerst du dich noch an deine ersten vollständigen, resümierenden Sätze, die du an mich richtetest, du sagtest: »Du lebst in einem anderen Jahrhundert als ich.«

Nie zuvor hattest du in Bildern der Trennung von uns gesprochen. Hier war es, das erste solcher Bilder, und ausgerechnet wir, die gerade die räumliche Entfernung durch Kontinente überbrückt hatten, wir sollten durch Epochen voneinander getrennt sein?

Doch du hattest Recht, für eine Liebe reicht es nicht, in großer Höhe über deine winkende Hand hinweg zu fliegen wie eine Touristin, noch melancholisch vom Ausnahme-Leben in der Alten Welt, mit einem Art-déco-Gesicht und elegisch. Für ein gemeinsames Leben muss man sich in einer Schnittmenge niederlassen. Man muss es in jedem banalen Sinn des Wortes wahr machen, dabei wird mir ganz anders. Denn was wäre das denn, der Boden unserer gemeinsamen Realität? Vergiss es.

Du warst nach Tokio gekommen, und ich fühlte mich auf dem Sprung zu dir, bereit, uns *ein* Leben zu geben, das Beste, das wir führen konnten. Aber du wolltest eine Epoche zwischen uns schieben – um zu sehen, ob ich sie für dich durchqueren würde? Und ob!

Aber diesem Abgrund der Zeit, der sich da auftat, konnte ich auf den Grund sehen, während ich weiß: Dir schwindelte, seit du auf unserem Flug in jenen Abgrund gesehen hattest, der auch unser Abgrund war.

Nein, lass mich einmal davon sprechen. Wenigstens jetzt.

Ich habe es als meine persönliche Buße gesehen, kein Wort dazu zu sagen, weil du es so wolltest. Aber dass wir nie davon gesprochen haben, heißt ja nicht, da gäbe es nichts zu sprechen.

Andere haben Erscheinungen, zu ihnen spricht die Madonna aus dem Spucknapf, oder sie weint blutige Tränen aus dem Holz. Mir passiert das nicht, bei mir ist es nicht heilig, und eigentlich finde ich es nicht einmal besonders, aber auf Langstreckenflügen höre ich Stimmen aus den Wolken. Meine Verwirrung beginnt ab 11 000 Meter Höhe. Ich nehme an, es sind die Toten. Aber sie sprechen nur über Meeren und Wüsten.

Glaub mir, ich war eine glückliche Frau, als du so plötzlich, so überschwänglich sagtest:

»Ich komme mit.«

Tokio ist ja Niemandsland und doch meine Welt. Sie wollte ich teilbar machen, und du wolltest sie teilen.

Wir nahmen es wohl beide als letzten, überfälligen Akt der Vereinigung. Du solltest mein Apartment sehen, in dem ich an dich geschrieben, aus dem ich mit dir telefoniert hatte. Du solltest sehen, dass es ein Viertel gab, das ich wie einen Mantel um meine Schultern trug, solltest erfahren, dass ich hier lebe, nicht bloß leiste.

Wir sitzen im Flugzeug ... lass mich dir sagen, wie ich es erlebt habe.

Die Wolken hatten, von oben gesehen, die Schönheit von Pelzen. Ihre Oberfläche streckt sich der Berührung förmlich entgegen, und der leiseste Strich, etwa durch die flache Kante einer Tragfläche, gibt ihnen Form. Sie bäumen sich auf, und langsam wälzen sie sich auf die andere Seite. Sobald sie sich in Decken legen, dünnt der Wind sie aus, und ihre Enden verflattern in der Atmosphäre.

Ich liebte deine Champagnerlaune, deine Grimasse, als der Steward, weißt du noch, sich vom Gang aus fast bis zu deinem Schoß beugte mit der Frage:

»Was kann ich Ihnen heute Schönes antun?«

Und du antwortest mit diesem schwulen Tonfall:

»Bitte höflichst, hier hinein ...« und reichst ihm deine Plastik-Sektflöte zum dritten Mal. Du warst schon sehr ... wie soll ich sagen ... sehr animiert. Vielleicht auch, weil er ein Auge auf dich geworfen hatte, was übrigens auch dem Herrn zu meiner Rechten nicht entgangen war, der anerkennend die Brauen hob. Trotzdem, glaub mir, außer einem belustigten Blick hatten wir uns nicht in die Augen gesehen. Du bist ja nicht gerade Vielflieger und rutschtest auf deinem Fensterplatz so aufgeregt herum, dass ich mit dem Fremden bloß einen Blick tauschte wie die Eltern, die ihren Kleinen zum ersten Mal mit auf große Fahrt nehmen. Erinnerst du dich: Du wolltest das Leselämpchen anmachen, drücktest aber den Knopf für den Service, und der Steward stand schon wieder mit wiegendem Spielbein neben unserer Reihe und musterte dich. Du warst schon ein bisschen überspannt, wirklich, und wie ein Kind hast du den Steward ignoriert, aber mir umso konzentrierter draußen den Himmel gezeigt:

»Sieh mal, eine Wolke, mit einem Monstrum im Bauch!«

Ich folgte deinem Finger mit den Augen bis in die Gewitterwand und erwartete die Stimmen. Aber anschließend warst du auch der Erste, der auf die Turbulenzen ernst reagierte. Sagen wir, es lag an deiner Unerfahrenheit und ein bisschen am Rausch. Dir schwante, was jetzt kommen musste. Ganz steif und aufrecht hast du gesessen, mit den Unterarmen auf den Lehnen, den Blick geradeaus. Du hast mich nicht angesehen oder angefasst.

Zuerst kam das Schaukeln meinem Schwips entgegen. Auch dass man die Gurte wieder anlegen musste, war ja nichts Neues. Auch, dass die Service Crew die Tabletts Tabletts sein ließ und alle wieder hinter den Vorhang traten, um sich selbst anzuschnallen, ist mir nicht zum ersten Mal passiert. Nur dass ich ein solches Chaos nie erlebt habe. Abgesehen vom Klirren der Gedecke und Gläser, dem Hin- und Herschießen von Flaschen und Tassen über den Boden, roch es plötzlich brandig-technisch, zugleich faulig organisch, als sei alles, was da zusammen auf den Boden gestürzt war, unmittelbar in Fäulnis übergegangen. Das hatte schon etwas Jenseitiges.

Du hast nur einmal meinen Arm ergriffen, aber gleich wieder los gelassen, als wäre auch er nicht sicher. Aschfahl warst du, aber ich kann mich nicht erinnern, dich genauer angeblickt zu haben.

Dann der Sturz.

Im ersten Augenblick stürzt nur der Magen. Was ich nicht kannte: Das Körperinnere verschiebt sich. Unter der Bauchdecke wandern die inneren Organe aufwärts, pressen sich unter die Brust.

Völlige Stille. Jemand hat die Pausentaste gedrückt.

Wenn ich mich recht erinnere, hast du in den nächsten zwei Minuten keine Bewegung gemacht, kein Kopfwenden, kein Luftschnappen. Hast deine Zeit verlassen und bist in der Schwerelosigkeit spazieren gegangen. Bei mir warst du jedenfalls nicht, im Flugzeug warst du nicht, im Leben warst du nicht, ein Untoter, steif im Sitz, unfähig, sich eigenhändig die vor ihm baumelnde Atemmaske auf den Mund zu pressen.

Und ich? Keine Stimme zu hören. Ich wünschte selbst, ich wüsste mehr über mich in diesem Augenblick. Ich war bei mir, so viel ist sicher. Habe an mir festgehalten, und während mich meine Haut, mein Charakter, mein Temperament wie Kleidungsstücke plötzlich nur noch lose umgaben, war da innen mein Ich, in sich stehend und fest und bei dir. Ja, ich war mir bewusst, das ist der Mann meines Lebens. Das bist du, der weinselige, alberne, von der Reise erhitzte Mann an meiner Seite.

Dein Sturz geschah ein Flugzeug weiter.

Es war furchtbar, es war das Drama in meinem Drama, der Albtraum im Albtraum, dass du mit mir in die Tiefe stürztest. Aber warst du es überhaupt, oder war es nur dein Bild, ein trudelndes koloriertes Passfoto von einem feinsinnigen Mann mit fassungslosen Augen?

Und so habe ich mich, als mein Körper, nur mein Körper, den Kräften dieses Sturzes nicht mehr standhalten konnte, als mir von den Fliehkräften alle Muskeln gleichzeitig aus dem Körper gerissen wurden, impulsiv zu meiner Rechten geworfen und bin für Sekunden in den Armen des Fremden angekommen.

Er hat mich nicht gepackt, nicht gehalten. Ich weiß nur noch, dass sein linker Arm wie der metallene Bügel auf einem Jahrmarkt-Gerät vor meinem Bauch einschnappte, und mir dieser Druck für einen Moment als das Wirklichste erschien. Er tat mir weh, und das war gut. Dann ist mein Kopf gegen sein Schlüsselbein geknallt, und alle Innereien traten den Rückweg an und sackten mir in den Beckengrund. Wir hatten uns gefangen.

Ich glaube, in dem Augenblick hat meine Lunge das dreifache Volumen an Sauerstoff aufgenommen, und dieser schmerzhaft endlose letzte Seufzer ging in das erste Atemholen eines Neugeborenen über, das nach Luft schnappt.

Erst im Sterben nehmen die Dinge wirklich Gestalt an. Meine Augen waren fest geschlossen, aber gesehen hatte ich dich nie so klar, nie dich als mein Leben so sehr erkannt wie an der Brust dieses Fremden.

Und deshalb war ich auch, als ich mich aus seinem

Griff löste und fühlte, wie sein Arm, auf meine schwächste Regung hin, zurückzuckte, glücklich. Glücklich, nicht nur, überlebt zu haben, sondern dir wieder geschenkt zu sein, das war das Beste. Ich war gerettet und liebte, das war dasselbe. Kann man seiner Gefühle sicherer sein?

Vielleicht habe ich mich in seine Richtung geworfen, weil er mir als Rettung erschien. Die einzige Liebe, die uns nicht verlässt, nicht einmal den Selbstmörder, ist vielleicht die Liebe zum Leben, aber ist sie Liebe? Dieses Gewalt ausübende Prinzip, dieses kalte Sein-Wollen, das Einzige, das uns begleitet, das uns in die Abendsonne sehen lässt: Ich bin. Ich bleibe. Ich werde sein. Ich dauere. Aber die Liebe zu einem anderen – ist sie nicht in Wirklichkeit etwas ganz anderes?

Der Fremde? Frag nicht. Er war irgendwer, und einen Lidschlag lang haben wir uns, entschuldigend übrigens, angesehen. Als ich nach dir blickte, saßest du exakt wie vorher, eingefroren, wie zur Reanimation freigegeben. Ich griff nach deiner kalten Hand, legte meinen Kopf auf deine Schulter und hatte kein Ohr für das Geräusch des leisen Spleißens, für den Haarriss, der da gerade durch unsere Fundamente zog.

Bist du sicher, dass du weißt, wer du warst? Dass du gesehen hast, was du glaubst, gesehen zu haben? Bist du sicher, dass du, so wie ich umgekehrt, mit deinem geretteten Leben mich ergriffen hast?

Und ich war eifersüchtig darauf, dass du deinen Weg durch den Sturz allein genommen hattest. Denn als ich wieder bei Sinnen war, habe ich dich, glaube ich, liegen sehen wollen, versteh mich nicht falsch, tief unten wollte ich dich liegen sehen, und du solltest durch mich ins Leben zurückgebracht werden. Da war ich zum ersten Mal besessen von dieser Idee der lebensrettenden Liebe.

Erst dachte ich, du hättest mich vergessen. Aber dann hast du mich angesehen, als wäre ich in dein brennendes Haus gerannt und hätte nicht dich gerettet, sondern ein Foto. Ich dagegen hätte dich noch im selben Augenblick heiraten wollen. Ich hätte mir deinen Namen auf den Oberarm tätowiert, Ja gesagt für immer, zum ersten Mal für immer.

Doch leider warst du so anders. Du standest in Tokio und blicktest in den Verkehr wie der Fliegende Holländer, der so lange über die Meere fahren muss, bis er eine treue Frau gefunden hat. Du warst in der neuesten Welt angekommen, in der fremdesten, und standest da, gefangen im ältesten aller Männer-Mythen, der Mär von der treulosen Frau! Ach, hättest du mich nur ein einziges Mal so gut verstehen können, wie ich mich selbst verstand! Nur dieses Mal, wir wären gerettet worden, sofort.

Aber du glaubtest ja, uns trennte ein Jahrhundert. Glaub mir, uns haben nicht Epochen und Sitten getrennt, sondern Reflexe, und sollte ich dich wirklich für einen Augenblick verloren haben, dann war es der Augenblick, in dem ich mir auch selbst abhanden gekommen bin. So tief mag kein Mensch in sich selbst hineinsehen. Ich bin dir treu.

Dennoch: In Tokio erschienst du nur um einen Bruchteil fremder. Ich schob es auf die Stadt. Aber du warst auch unerreichbar. Das konnte ich nicht auf Tokio schieben. Es schmerzte mich. Deine Attraktivität hatte plötzlich etwas Verletzendes.

Ich wollte die Dinge immer unter der Voraussetzung der Liebe tun. Auch weil ich dachte, Liebe macht unverwundbar. Folglich bin ich jetzt eine Versehrte und weiß: Man kann nur in der Liebe mit dir leben, nicht in der Gewohnheit. Deshalb muss die Liebe immer ein Wagnis bleiben, ihr Milieu wechseln, ihre Erscheinungsform. Oder rede ich sie mir gerade schön?

Du hattest immer Angst, die Fesseln der Liebe seien aus demselben Stoff wie die Familienbande. Und wenn wir sie bekommen hätten, deine Liebe ohne Bindung? Wo wären wir jetzt? Bei der Liebe als einem Nebenzweig der Dienstleistungsindustrie? Vergiss es.

Ein Ernstfall musste her, hatte ich früher schon geahnt. Denn was bleibt von der Liebe, fragte ich mich, zieht man die Eigenliebe ab. Habe ich dich also nicht in jenem Flugzeug eigentlich in deine Selbstliebe entlassen?

Ich kann dir auch heute kein besserer Narziss sein, als du es dir selber bist.

In der Nacht wolltest du im Stadtzentrum schlendern, wir gingen, und das Zentrum wanderte mit. Wir gingen Werbeplakate ansehen, wie in einer urbanen Galerie, aber eigentlich gingen wir durch das Bühnenbild unseres Lebens. Erschreckend freundlich warst du. In Persien sagte man: »Einem bösen Hund gibt man zwei Knochen.« Von dieser Art war deine Freundlichkeit. Strafend.

Dennoch wurde unsere Liebe in Tokio reifer. Ist das meine Schuld? Hat sie einer Katastrophe ins Auge sehen müssen, um so werden zu können, so geklärt? Sprach sie, klang sie da anders? Furchtbare Vorstellung, dass eine Liebe älter, dass sie erwachsener werden, dass sie reifen und kahlköpfig werden, dass ihr Atem schmeckend werden kann.

Und was ist dieses Reifen wirklich? Du sammelst morgens die Haare vom Kissen. Du legst den Löffel neben die Tasse, auch wenn ich keine Milch, keinen Zucker nehme. Du schließt am Tag dreimal den Briefkasten auf: Lauter belanglose Ereignisse erleben in der Liebe ihre Auferstehung und Verklärung, und ich bewundere dich für alles, bin fanatisch in meiner Bewunderung. Trotzdem wachte ich auch in guten Tagen manchmal nachts auf und flehte zum Himmel: Nimm mir die Liebe weg, weiche von mir! Eigentlich wie ein Kind, das den Vater bittet: Nimm die Milch aus dem Kaffee!

Du glaubst, die Liebe stärkt mich? Hast du eine Ahnung! Was könnte ich nicht alles sein und tun, wenn ich nicht lieben müsste, wenn ich nicht morgens aufwachte mit der immer gleichen Selbsterforschung und Lusterforschung und der Frage: Liebe ich? Und dann: Ja. Und bin für alles andere verdorben.

In Tokio wehrten wir uns gegen den Erstarrungsprozess unserer Liebe. Haben wir je öfter, heftiger, verzweifelter miteinander geschlafen? Je unverhohlener mit jedem Stoß, Becken gegen Becken, die Suche fortgesetzt, die Suche nach unserem alten Zustand oder nach dem Widerstand durch einen neuen festeren? Mir schien es nie schöner, zugleich nie vergeblicher, sich zu lieben.

Als ich dich dann nach Narita zurückfuhr, warst du erloschen, abgereist, Stunden vor deinem Abflug, und deine Verabschiedung samt deiner blutleeren Küsse war unkörperlich wie die eines Japaners.

Ich fuhr mit dem Taxi zurück, wund und bedürftig, so viel hattest du mir zu wünschen übrig gelassen. Der Fahrer, ein korpulenter, schwarz behaarter Orientale, redete uferlos, berichtete mir erst von dem Spezialsitz, in dem er säße, dann von seinen vier zerstörten, »ausgefransten« Bandscheiben, auf die ein chinesischer Arzt noch das falsche Präparat geträufelt habe. Seine Hand trug er in einer schwarzen Ledermanschette, der kleine Finger fehlte, der Daumen war gespalten, der Zeigefinger verwachsen.

Schweißer war er gewesen, in fünf Jahren würde er im Rollstuhl sitzen, sagte er, und ich dachte, wie es wäre, ihn jetzt halten zu lassen und mir seine geschundene Hand mit der Manschette in den Schritt zu legen, um ihm, um mir eine grässliche Freude zu machen. Was würde er sagen, wie dabei aussehen?

Getan habe ich es nicht.

In den nächsten Tagen verwahrloste ich, genoss es, untauglich zu sein, und das in Tokio! Das Pragmatische an der Geschäftswelt ist ja auch: Wenn mich jemand fragt, wie geht's, weiß ich, er meint: Wie funktionierst du gerade? Aber in diesem neuen Zustand der Entbehrung, da konnte ich nicht anders, sagte, wie es ging, bedürftig, entbehrungsvoll, und sah dem inneren Kopfschütteln der Menschen zu.

So konnte ich leben, in den Tag hinein und dabei glücklich in dieser Bereitschaft, mich hinzugeben, aber da war nichts zum Hingeben. Ich wollte weinen, auf einer Toilette Tränen vergießen, weil ich etwas hatte, das fehlte. Doch außer trockenem Schluchzen kam nichts.

Auch fühlte ich mein Arbeitsleben nicht, nicht die Zustimmung, nicht den Konflikt, alles war einhellig inexistent. Auch spürte ich die Straße nicht, wurde nicht wach und schlief nicht tief. Ein Bild von dir tat mir weh, irgendeines. In ihm umarmte ich das Verschwundene.

So ist es immer noch: Alles stirbt, außer dir. Jetzt habe ich Angst sogar davor, mich an Details zu gut zu erinnern, an deinen Handrücken, deinen Hemdkragen, die Runzeln auf deinem Ellbogen.

Ich rief dich an und sagte:

»Ich liege nackt auf dem Rücken. Jetzt nehme ich dich in mich auf.«

Bei dir war es neun Uhr früh und du hast, auch innerlich in einer anderen Zeitzone, wieder geantwortet:

»Pscht, solche Sätze gehören in die Nacht.«

Stunden später rufst dann du an, mit schlechtem Gewissen, aber du hörst nur mein Band und sagst:

»Ach, du bist nicht da, hmm, wie kann ich das jetzt sagen? Du bist nicht da, na gut, dann will ich nicht zu viel Geld verschwenden und sage bloß: Ich vermisse dich.«

Darauf rief ich zurück. Inzwischen war es tiefe Nacht bei dir, aber ich musste einfach an deinen letzten Satz anknüpfen:

»Jetzt werde ich dir sagen«, beginne ich, »was ich in diesem Moment so sehr an dir liebe.«

»Sag's mir morgen«, flüsterst du, vielleicht müde oder nur noch halb wach.

»Dann schreibe ich dir ein Fax«, sage ich.

»Du hast jetzt erst einmal genug geschrieben«, murmelst du, nicht einmal harsch, auch nicht mit schlechtem Gewissen, nur eben: abwesend. Und weil dir das selbst fremd vorkam, hast du schon wie im Halbschlaf angefügt:

»Ich liebe dich wahnsinnig.«

Und mir entfuhr ein entgeistertes »Wie sprichst du mit mir?«

Die traurigste Liebeserklärung ist die, der die Liebe allein nicht mehr reicht. Mit den Komparativen beginnt die Sachlichkeit. Ich will nicht hören »ich liebe dich sehr«, »unglaublich« etc. Am Ende aller Steigerungen steht man schließlich im Freien.

So gabst du mir mit wenigen Worten Wochen des Leidens, und das vielleicht auch, weil du den Punkt, an dem man den Schlaf dringender braucht als die Liebe, erreicht und dich für den Schlaf entschieden hattest. Ich fürchtete die drohende Zeit der lieblosen Liebe, und plötzlich erschienen mir die starken anderen Empfindungen wie Hunger oder Müdigkeit vergleichsweise poetisch.

Ja, ich weiß, ich dramatisiere, aber das Ende der Liebe ist ja nicht nur erschreckend, weil sie geht, sondern weil die Einsamkeit so groß ist, in die man entlassen wird.

Als du im letzten Februar nach Paris musstest, bin ich hier zurückgeblieben, in deiner Wiener Wohnung. In der ersten Nacht habe ich noch inmitten der Flecken von Asche und Whisky geschlafen, die wir im Bett hinterlassen hatten. Nicht anrühren mochte ich sie, die

Wohnung eines Mannes, der sich ganz leise wieder in sich einzudrehen begonnen hatte.

Auf deinem Sideboard fanden sich plötzlich mutwillig ein paar Stücke aus dem Kokon der Jugend ausgestellt, Gegenstände als Stimmungsbilder, Fotos vergangener Freuden. Es gab da viele einsame Gegenstände im Raum, und es beschlich mich diese Stimmung von »Alles noch da und ich nicht dabei«.

Dann reiste ich ab, kehrte aber nach zwei Tagen zurück und sagte: Noch eine Nacht will ich darin schlafen. Und dann noch eine.

Da war ich, ganz allein, wieder daheim unter der Glocke des Schweigens, in deinem Bett, in dem du nicht lagst. Also war ich halbiert, vollkommen fragmentarisch, fragmentarisch vollkommen, umkreiste den immer selben Ausdruck dieses Lebens: Dass du fehlst. Und dann gab es sogar den Augenblick, in dem ich die Entfernung mochte aus dem einzigen Grund, weil sie mir dauernd Perspektivwechsel aufzwang. Mitten an einem Tag voller Arbeit machte ich mir das Vergnügen, mich dauernd neu nach dir umzusehen.

Meinst du wirklich, ich habe dich lieben wollen? Erst wollte ich nur aus meiner Einsamkeit heraus Ja sagen zu einem Menschen. Dann das!

Mit den interessantesten Männern lebt man am längsten in ziellosen Verhältnissen. Deshalb habe ich mich über uns zum ersten Mal erschrocken, als ich das Ziel unserer Reise am Horizont erkannte. Menschen verändern sich, wenn man sie braucht, erst dann werden sie unzuverlässig. Du musst ihnen nur eine Chance dazu geben.

Und zugleich bringen die Enttäuschungen, die dann einsetzen, so viel Wahres ans Licht. Ach, und Enttäuschungen sind langatmig und dehnen sich unter Anwendung des Trostes nur immer weiter aus. »Ich habe es nicht so gemeint,« sagst du. Doch hast du. Ich hatte mich verrannt, zu dir. Dann dauerte es nicht lange, und plötzlich war ich sesshaft in diesem Gefühl und wusste doch: Mit der Liebe beginnt die Angst vor ihr.

War das je anders? Wäre diese Angst, wenn du nach unserer ersten Begegnung nie angerufen hättest, flacher, flüchtiger gewesen? Würde ich dich heute weniger lieben? Wie also, unabhängig?

Keine Sorge, ich bestehe nicht mehr darauf, dass du von Dauer redest, denn vielleicht verstehen wir beide nicht viel davon. Aber ich weiß, dass ich manchmal tief in dich hineingesehen habe und dachte: Hier will ich sein und bleiben, in dieser Welt, in seinem Kauderwelsch, seiner Umarmung: Bleiben, verstehst du, im Sinne von Am-Leben-Bleiben. Eine andere Wahrheit weiß ich nicht.

Genau betrachtet, ist ja auch die Wahrheit eingehüllt in Gefühl. Wie Evidenz, wie die tiefe Sicherheit rund um das Zweifellose. Ja, sie strahlt Gewissheit aus. Schon dass ich Ja sagen kann, kommt mir wie Wahrheit vor.

Du schweigst.

Du lässt mich reden, ich habe nur diese Sprache, auch wenn sie lustig klingt in deiner Welt oder fremd oder feierlich. Ich weiß nicht wie sie klingt, aber das weiß keiner für keinen, jemals. Ich habe nur dieses eine Gefühl, das mich sprechen lässt, selbst wenn es im Sprechen verstummt. Ich warte immer noch auf dich. Willst du das für mich sein, ein Untoter?

Bild dir nichts ein: Alle Geliebte sind Untote. Sie gehen durch verschlossene Türen, wischen durch eine Drehtür ins Irreale, reisen mit. Ständig sieht man sie am Leben teilnehmen, jede Tracht tragen sie, wie die Verstorbenen, die in der Phantasie der Zurückbleibenden auch nicht tot zu kriegen sind.

Ja, du bist fatal, bist mein Schicksal und lässt mich leiden. Ich warte auf dich, deinen Anruf, den Klang deiner Stimme, und in bösen Stunden wünsche ich dir, dass du da liegst und auf mich warten musst wie ich auf dich.

Nimm mich nicht ernst: Meine Hysterie ist die Antwort auf dieses allgegenwärtige, auf unser allgegenwärtiges: Nicht Genug! Nie genug!

Du fehlst, und ich kann nicht aufhören, dagegen zu rebellieren. An schlimmen Tagen war ich, bevor du auf der Bildfläche erschienst, überzählig in der Welt. Mit dir war mein menschenleeres Leben vorbei, und ich fing an, ein ganz anderes Leben zu führen: unseres.

Nie habe ich aufhören wollen, dich kennen zu lernen. Machen wir das Leben, habe ich gesagt! Ich möchte immer noch verschwinden, aber in unserer Liebe. Allerdings musst du mir helfen, den Eingang zu finden. In die Liebe einzutreten, das ist das Drama im Stillstand, nicht wahr? Das Leben braucht keine Handlung um Dramen zu schüren. Äußerlich betrachtet, passiert nichts, innen dagegen bedeutet jedes Räuspern eine Verschiebung.

Wo war meine Kraft, als ich noch nicht liebte? Wo

diese Schwäche? Immer sagen wir: Ich denke an dich. Was wir nicht sagen, wir müssen einander vergessen haben, um wieder aneinander denken zu können. Du tauchst wieder auf, ich tauche wieder auf, wir sind es, sind beide da. Wir heiraten nicht, wir heiraten täglich. Jeden Morgen sage ich: Und heute wieder du.

Und wieder du.

Wieder du.

Und jeden Morgen schweigst du.

Dein Schweigen ist die Kuppel, unter der ich lebe. Wie komplett dieses Schweigen ist, verrät dir meine Angst, deine Stimme zu vergessen. Manchmal ist es fast so weit. Deshalb horte ich die alten Bänder aus dem Anrufbeantworter. Warte. Wo habe ich die Kassette? Hier, hör mal:

Ich bin's. Bringst du morgen bitte die Lackarbeiten von Hoki mit? 20 Uhr im Yamamura. Ich freue mich. Danke. Morita.

Das galt noch nicht. Jetzt kommst du!

Liebe. Bist du da? Hallo? Du bist nicht da! Wie schade. Wo treibst du dich rum? Ich lebe doch mit dir. Bist du wirklich nicht da?

Na gut. Genauso, wie wir ins Bett gegangen sind, bin ich heute aufgestanden, du schliefst noch, deshalb flüstere ich. Du siehst, ich habe nichts Schöneres im Leben, als zu dir zu kommen, nachzusehen, wie gut du duftest, wie deine Haare fallen, und dann muss ich lächeln über deinem Gesicht, aus dem so wunderbare Worte wie Charisma und Himmelskörper kommen Ach, ich weiß, dass du weißt. Entschuldige. Ich muss aufhören. Schlaf tief.

Entschuldige. Merkst du, wie nah wir uns sind? Hast du das vergessen? Jetzt habe ich deine Stimme wieder. Aber wie du dir die Nase putzt, den Telefonhörer hältst, wie fest dein Händedruck ist oder wie lange dein Gesicht braucht, um vom Lachen in den Ernst zurückzukehren, glaubst du, ich hab es vergessen? Oder nie gesehen? Kann es sein, dass man liebt, ohne so etwas zu wissen? Nicht, dass ich anfinge, dich zu vergessen, eher entfällt mir langsam, wie sich das Leben in dir auswirkt! Aber das weiß ich: Wenn ich dir zum ersten Mal wieder gegenüberstehe, wenn du sprichst, wenn du mich küsst – ich glaube, da kriege ich zu viel auf einmal.

Wenn nachts das Telefon klingelt, stürze ich hin. Das bist du, denke ich, immer, und weiß, deine Stimme wird ganz ruhig und gebunden klingen, und du wirst sagen, dass ich jetzt kommen kann. Manchmal klingelte früher nachts das Telefon, und ich wusste, dass du es warst. Aber ich hob nicht ab. So war sie noch schöner, die bittere Süße der Entbehrung.

Dir hat das nicht viel ausgemacht, glaube ich. Du konntest mit dem Gerät so gut reden wie mit mir, hast deinen blinden, betriebsamen Alltag ausgebreitet, aber so, als sei er nicht vollständig. Vielleicht, weil er nicht mit mir endete, mit einem Kuss von mir.

Aber nein, dann wollte ich dir lieber fehlen. Du solltest allein und nicht allein sein. Wenn du im Park auf der Bank dein Mittagessen nahmst, dann war ich die Bank, auf der du saßest, das nette Ehepaar, das sein Leben mit dir teilen wollte, war ich, und das Reh, das zur Fütterung herankam, war ich auch, denn nur so konnte ich mal eben deine Hand an meine Schnute kriegen. So hast du es gesagt, aber war das nicht eher erfunden als erfahren?

Ich nannte dich »du«, das ist der anzüglichste Kosename. »Du« ist viel. »Du« ist ins Ohr flüstern, ist quer durch einen Raum voller Leute sehen, in deinen Blick tauchen und wissen: Es ist gut. Wenn du am Rand einer Schlucht stehst, bin ich die Schlucht. Wenn du Regeln brauchst, werde ich welche erfinden. Denn woran sonst solltest du dich halten?

Und einmal hast du deine kleine nächtliche Ansprache auf dem Anrufbeantworter beendet mit dem Satz »Ich genieße uns«. Da war mir klar, du weißt längst, dass ich da sitze, in meinem Schlafanzug, und dir zuhöre, es war ein Pakt, Entbehrung und Fülle gleichzeitig. So ist allmählich, einfach durch die Art, wie wir miteinander sind, ein Zauber entstanden. Jetzt werde ich wieder sentimental.

Gib mir deine Hand. Wenn ich sie in die Leere strecke, wo sie hängen bleibt, dann berühre ich in dieser Leere doch dich allein.

Genau.

Und umgekehrt. Ich redete uferlos auf dein Band, meine Improvisationen, mein Solo. Diese nächtlichen Erzählungen machten eine Heldin aus mir, eine Silhouette aus einem Manga-Comic, eine Business Woman mit Geheimleben, Cat Woman, eine, die die Schlieren der Geschwindigkeit, mit der sie heranbraust, noch um sich hat, eine, die in diese Schlieren gleich zurücktauchen wird, eine Rasende.

Außer allem, das ich sowieso schon war, war ich nun

auch noch mutig, groß, klein, hungrig, zärtlich, überstürzt, verirrt und zielstrebig und dann noch mehr und noch mehr, und ich holte mir dein Foto her und sah dich an: Komm her, gib mir deinen Mund, von dem ich essen soll. Ich nehme ihn mir mal gerade ohne Essen. Ich kenne ihn, weiß, wie die Lippen darin versinken und höre dich flüstern: Was machen diese Japaner nur mit mir, hetzen mich durch schlaflose Nächte, lassen mir nur bizarr getrimmte Bäume und Hightech-Klos, halten dich fern von mir.

Heute weiß ich nicht einmal, welche Tageszeit es gerade in Japan ist, gefangen von deiner Schwerkraft, von der Atmosphäre, die du um uns spinnst oder die du spinnen hilfst, rechne ich selbst das nicht mehr nach.

Ich war gar nicht auf dich vorbereitet, dachte ich. Und weißt du was: In der Entfernung wurdest du weniger du, mehr ich.

Was hatte ich denn noch? Deine Stimme? Verflüchtigt. Deine Erscheinung? Vage da. Deinen Namen? Er hätte zu einer Waffe oder zu einem Seemannsknoten gehören können. Ich vermische mich mit dir, ich werde dir ähnlich, missbillige wie du, nehme deine Atmosphäre an. Du entfaltest dein Milieu um mich, umgarnst mich.

Verstehst du, ich hatte zu leben begonnen mit dem unmöglichen Mann, dem fernen, entrückten, und ich begann, mich aus allen möglichen nicht-lebendigen Verhältnissen zu verabschieden. Du hattest eine Romanze sein sollen, und was wurdest du: mein Leben. Deshalb musste ich auf deinen Ausruf »Lass uns im Augenblick leben« antworten und sagen, »wenn du tot wärest, würde ich wohl in mein altes Leben zurückkehren.«

Wenn ich in London auf dem Flughafen sitze, denke ich an dich. Wenn die Maschine über dem Kaukasus trudelt, denke ich an dich. Wenn ich im Zug von Narita in die Stadt sitze, die Menschen wie im Viehwaggon blind durch die dämmernde Landschaft reisen, denke ich die ganze Zeit an dich. Auch, weil ich dein ausgelagertes Leben sein, für dich sehen, aufnehmen, lachen muss, auch, weil ich versuche zu genießen, was du nicht genießen kannst und was vermutlich niemand wirklich genießen kann. Das denkt man nur in der Schwäche.

Du bist aus einem weniger intensiven Leben in ein intensives entkommen. Wenn man bedenkt, wie fern jetzt alles liegt, was du um diese Zeit tun solltest! Magdalenen mit Gewändern aus zwei Jahrhunderten warten auf dich, Marien mit altem Kopf und neuem Heiligenschein, Apostel ohne Körper unter den Talaren, die Fragmentariker des Mittelalters stehen Schlange.

Vergiss nicht: Du kämpfst deinen Kampf nicht für dich allein. Auch für mich kämpfst du ihn. Du kämpfst ihn unter den Augen aller, die dich erwarten, die ihr Leben mit deinem verbunden haben. Du kannst nicht gehen, nicht weg bleiben. Schließlich habe ich ja auch selbst noch Erwartungen an die Dinge, die du denken, sagen, belächeln musst, an deine Gaben.

Vielleicht findest du dagegen, es sei eigentlich um dich herum immer alles zu intensiv gewesen, aber ich möchte so gerne, dass du das Leben lieben kannst, das du geführt hast, dass du gerne darauf siehst, wie du es geführt hast.

Darüber müssen wir reden. Ich sehe uns schon als Senioren, mit der alten, erst von Greisen gestellten Frage: Wie soll ich leben? Dann werden wir uns das Zwischenreich ansehen müssen, in dem wir jetzt verbunden sind. Wir sind doch verbunden? Alles ist da. Alles soll da sein.

Ja, es ist auch mein Zwischenreich. Ich lebe ja längst nicht mehr, wie ich es gewohnt war. Ich sitze mein Leben ab und warte unter dem ältesten Konjunktiv des Herzens: Wenn du mich liebtest, wie ich dich liebe, du würdest erwachen.

Vielleicht bewegt dich hinter deinen Augen das Leben wie der Tidenhub. Ein so tiefer Schlaf weicht nicht einfach. Er kämpft auch. Also musst du nicht einen, du musst lauter Kämpfe gewinnen, einen nach dem anderen. Rückschläge musst du bewältigen, und immer wieder aufbrechen musst du.

Ich kann dich sehen, glaub mir: So wie du liegst und bist, umgibt dich Erdatmosphäre, etwas Blühendes, glaub mir, etwas Unzerstörbares, das kann man fühlen. Vor dem muss eine Krankheit am Ende doch kapitulieren. Sonst würde ja kein Mensch je wieder wach.

Denk doch: Wir waren Synchronschwimmer, haben uns immer an der gleichen Stelle getroffen, in der gleichen Position. Die Ferne und das Reden von Ferne zu Ferne, das war unsere wirklichere Wirklichkeit, und ich dachte: Wenn wir uns eines Tages endlich wieder in den Armen liegen, dann sind wir die weiteste Strecke gereist, die zwei Leute in Raum und Zeit reisen können. Konnte ich ahnen, wie weit diese Reise uns tragen könnte?

Ich glaube, heute weiß ich sogar, wie es ist, wenn man zurückblickt und fragt: Wer war ich in all der Zeit? Wo war ich? Was lebte ich? Lass uns jetzt leben.

Es wird Zeit, dass ich mit einem Sprung in deinem Blick lande. Deine Umarmung wird größer sein als die Spannweite deiner Arme. Das Schönste ist, in ihr zu verschwinden.

Mir ist dauernd nach Verschwinden, Verschwinden mit dir. Am liebsten halten sich meine Gedanken auf, wo wir allein sind und die Zeit haben, unentdeckte Landschaften vor uns aufzurollen, Städte um uns zu bauen. Wir verändern uns dauernd – auf der Reise zu uns.

Wenn man es recht bedenkt, überschätzen die Liebenden die Aufrichtigkeit, doch heute ist mir danach. Sag mir, wo du bist, sag mir auch, wer ich in dieser Zeit für dich war. Bitte jetzt nicht lügen, manchmal hat selbst die klare Luft etwas Berauschendes!

Ich freue mich so sehr auf dich.

Willst du die beste Nachricht hören von allen, die du verpasst hast? Im Alter von 26 Jahren fiel die Sioux-Frau Patti White Bull bei der Entbindung ihres vierten Kindes in ein Koma. Ronald Reagan stellt sein SDI vor, die USA besetzen Grenada, und, wie es bei Hebel heißt, »die Ackerleute säeten und schnitten. Der Müller mahlte und die Schmiede hämmerten, und die Bergleute gruben nach den Metalladern in ihrer unterirdischen Werkstatt.« Und da, kurz vor dem Jahrtausendwechsel, lösen sich die Fäuste von Mrs. White Bull aus ihrer Verkrampfung.

Erwacht, spricht sie ihre ersten Worte nach sechzehn Jahren im Jenseits, und diese Worte sind zwei: »Lasst das!« Da stehen die Krankenschwestern steif vor dem Wunder von Albuquerque.

Dann umarmt die Erwachte erstmals ihr Jüngstes, verlangt nach einer Pizza und freut sich auf die Bergluft New Mexicos. Und ihr Gatte, der nach drei Jahren ihres Komas die Scheidung eingereicht hatte, eilt aus einem Reservat in South Dakota heran und spricht:

»Wenn du mich noch willst, bin ich bereit!«

Das 21. Jahrhundert hat sein erstes Liebespaar: »Ja«, muss Patti White Bull nur noch sagen und:

»Ja« sagt sie. »Ich bin bereit.«

Betörend, oder? Sie durchquert das Koma und kommt bei ihm wieder an; er durchquert die Einsamkeit und kehrt zum Anfang zurück. Es ist nicht das Gleiche. Mir war es leichter, damals bei dir anzukommen, als in diesem Leben jetzt, mit seinen Mutmaßungen und Hoffnungen. Plötzlich lebe ich zwischen den Gespenstern der Vergangenheit und den Chimären der Zukunft. Aber jetzt, hier, bin ich nichts als die Stimme, die in dein Schweigen spricht und dort verhallt.

Andererseits: Ist es je anders?

Und ist es nicht eigentlich schön, da anzukommen, wo man nur aus Worten besteht, aus Schwankungen, Ahnungen? So hatte ich dich immer. Doch heute existierst du für mich in der flirrenden Form einer Illusion, als etwas, das man hat, indem man es nicht hat und nicht haben kann, allerdings in jener einzigartigen Gestalt, die ein Mensch nur für einen einzigen anderen annehmen kann.

Doch wo bin ich? Überall Gefühle. Man macht die Augen auf, schon sieht man sich von Gefühlen umstellt. Liebe überall, und wenn nicht Liebe, dann jedenfalls etwas, das wie Liebe aussieht. Jeder definiert, was sie ist.

Jeder gießt in ihre Form seinen Verschnitt. Jeder möchte dich mit seiner Sentimentalität anstecken. Lasst mich, rufe ich den ganzen Tag, lasst mir die meine, kleine, große, wahre, bittere Schnulze.

Natürlich vermisse ich dich, als wärst du erst eine Woche weg. Die Tränenränder in meinen Kissen sind meine Zeuginnen, und wie ein Kind flüstere ich in die Nacht: Mein Herz wimmelt vor Ausrufezeichen.

Ich sterbe ab.

Ich bin die Witwe meiner selbst, werde täglich weniger, weil ich meine Geschichte, Souvenir für Souvenir, in den Abfall werfe. Am Ende finde ich mich in der Steppe meiner Kulisse, und nichts ist mehr. Aber ich bin nicht am Ende. Denn ich habe das Glück und das Unglück, dich in meinem Leben zu haben.

Was für eine Reise in diese Nacht! Saß heute früh auf unserem Balkon und blickte auf die Silhouette der zum Regen entschlossenen Wolken über der Großstadt. Vor mir nichts als Termine, bei denen ich sachkundig auftreten sollte. Hinter mir eine Nacht unter unserer indischen Decke und ein Traum, in dem ich einen Galeristen umarmte.

Und der Morgen kommt, und ich bin so frisch, so heiter, so aufgeweckt, so artikuliert und gut, nicht wahr, ich liege hier auf diesem nie mehr jungfräulichen Bett, liege in deinen Armen und stöhne in dein Ohr und höre deinen Atem schleichen. Dabei ist er ein Menschenleben weit weg und weiß nichts mehr von Lust.

Heute Nacht bin ich schon eine Generation weiter. Der Regen ist gefallen, die Termine sind fast vergessen, die indische Decke ist bloß ein Textil, der Galerist aus dem Traum hat kein Gesicht mehr, und ich frage nicht nach Lust.

Eher frage ich, ob du wohl glücklich bist, wo du bist. In Tokio warst du ganz Sinnesorgan und hattest die Anpassungsfähigkeit einer Flechte. Vielleicht verströmst du dich ja in diesem Moment genauso glücklich im Reich des Schweigens und der Schatten. Bist du vielleicht wirklich – glücklich, wo du bist?

Um meinetwillen kehre jetzt zurück! Es wird höchste Zeit. Ich flehe dich an. Die Medizin flehe ich an. Wenn ich aufhöre, an sie zu glauben, dann flehe ich den Himmel an, und wenn ich aufhöre, an ihn zu glauben, ist die Medizin wieder dran. Ich bin gut, bin wohltätig, liebe die Menschen. Ich stelle mir Orakel, ich stimme den Himmel günstig, gieße Champagner in den Garten, stelle vor deinen halb restaurierten Heiligen Kerzen auf, ich bete.

Kürzlich las ich in der Zeitung eine Meldung, die mir nachging, als gelte sie mir allein. Im Norden Schwedens wird eine Flaschenpost gefunden mit einem Zettel darin, auf dem in unbeholfenem Englisch nur die Botschaft steht: »Hilfe! Helfen Sie mir, ich werde von einer Frau gefangen gehalten und als Sklave missbraucht.« Aber es gibt keine Adresse, nicht einmal einen Hinweis. Flasche und Korken, sagen die Ermittler, könnten auf Venedig deuten. Aber wo beginnen? Sie beginnen erst gar nicht.

Aus. Während der Fall zu den Akten wandert, geht er mir nach. Mal bin ich die Geiselnehmerin und wende all meine Phantasie auf den gefangen gehaltenen Mann an, aber ich finde sein Gesicht nicht, und der Vorrat meiner Vorstellungskraft ist rasch erschöpft. Mal bin ich die Ermittlerin, die aus dem Norden Schwedens bis nach Venedig reist, ein wahrer deus ex machina, der den Armen nackt in einem Keller aufspürt, wo er gerade stirbt.

Ich weiß nicht, was es ist. Könnte ich nur tätig sein, nach dir fahnden, zu deiner Rückkehr beitragen.

Statt dessen stelle ich mir einen Tag unserer Zukunft vor, nicht das Wiedersehen, einen beliebigen Tag, Jahre später. Dann werden wir unsere Realität hinter uns haben, ich meine, diese unsere Realität. Wir werden damit fertig werden müssen, dass wir reale Nasen, konkrete Münder und dreidimensionale Köpfe haben. Wir werden mit deinem Zustand fertig werden müssen, mit der Ausbreitung der Nacht in dir.

Wirst du damit fertig werden?

Doch daran denke ich selten.

Ich warte auf unser Leben als Nachtschwärmer, Flaneure, Kurschatten, will auf dem Beifahrersitz deines Wagens, von deiner braunen Hand geführt, in die Landschaft reisen. Das ist mein Fixstern in diesen Tagen, Wochen, Monaten, in denen ich auf dich warte. Darauf lebe ich zu.

Abends werden wir unter Bäumen sitzen, und du wirst mir vorlesen bis zur Schlaflosigkeit, ich werde im Pyjama an deinem Bett erscheinen mit dem Gesichtsausdruck balinesischer Fruchtbarkeitsmasken.

Unglaublich, wie viel Glück du aus mir herausbringst, noch jetzt.

Soll das immer so weitergehen?

Wieder bin ich aufgewacht zu dir, der wichtigsten

Sache, muss mich mühen, mit den anderen Dingen des Lebens nicht schlampiger umzugehen, nur weil wir wichtiger sind.

Lieber, sehr lieber braun-schwarz-kurz-langhaariger müder armer Hund von einem Mann. Ich spreche dich an, sooft ich dich da liegen sehe, mit deinen offenen Augen, du trägst einen seidenen Pyjama, natürlich, und liegst so still, als ob kein Kuss dich wecken könnte. Ich wache.

Erinnerst du dich noch an das Licht über den Bergen von Wicklow? War es bloß eine Täuschung, dass wir es gebraucht hätten, als wir da standen, nach einem Morgen in den weißen Frotteebademänteln im Hotel, wo die Kellner unsere vollen Aschenbecher und zerrissenen Zeitungen vom Boden klaubten und wir mit dem Phlegma überfressener Tiere sinnlos auf einem Sofa lagerten und die Blicke zu müde waren, jeden Griff zu verfolgen? War das Täuschung?

Erinnerst du dich noch an die leere Jazz-Bar in Ginsa, wo wir »Time after Time« in der Miles-Davis-Fassung durch den Raum schickten wie ein Memento mori für eine damals noch verschlüsselte Botschaft? Erinnere dich an irgendetwas, aber nicht wie du willst, sondern wie es war, ein Sakrament damals, ein Fetisch jetzt. Erinnere dich an jeden nächsten Morgen, an dem wir glücklich waren, erschöpft zu sein, aber nicht von uns.

Was ich von dir will, das möchtest du immer noch wissen, immer wieder hören? Wäre es nicht immer noch furchtbar, wenn du die Antwort wüsstest? Deine Wohnung, schau mal, sie hüllt mich ein wie ein Stoff, gewebt durch unseren Atem, unsere Geschichten, unsere Seufzer. Diese Wohnung, ausgestattet in vier Jahren mit den Gazeschleiern der Worte, des Schweigens, der Posen, Sentimentalitäten.

Herrlich ist es hier.

Gestern Nacht bin ich noch im Pyjama auf das Dach geklettert. In den Baumkronen gegenüber rauschte der Wind. Ich blieb und bin erst zurück ins Warme gekommen, um meine Gänsehaut aufzutauen. An anderen Tagen hättest du mir mit deinen großen warmen Händen den Frost von meinen nackten Armen gerubbelt. So musste ich von selbst mit mir warm werden. Man konnte wirklich die Sterne sehen. Man kann herabsteigen und Erdbeermilch zwischen den Büchern trinken, und du willst aufhören, davon zu träumen? Wie kann man so umgehen mit seinen Träumen? Was hat man denn sonst?

Menschen etwa? Warum kleinmütig werden?

Ist dein Leben etwa besser ohne mich? Ich lebe lieber mit dir, warte und stürze durch die Zeit. Heute habe ich an einem Donnerstag ein Freitagsgefühl, morgen habe ich vielleicht gar kein Zeitgefühl mehr, dann könnte ich stattdessen ein Rashid-Gefühl haben. Statt Zeit: Rashid. Ich lebe in dir wie in Räumen, wie in Zeiträumen.

Ach, sollte man vielleicht besser nicht verliebt sein, wenn man von der Liebe reden will?

Das Bett ist zu breit, die Nacht zu kalt, der Morgen duftet nach nichts, und Worte habe ich nicht ohne dich. Ich rede mich in dich hinein, tiefer und tiefer, doch komme ich nirgends an.

Du nimmst mir mein Leben weg. Tage ohne dich sind nur halbe Tage, Monate ohne dich nur eine Flucht von Fotos in Schwarz-Weiß. Nichts bleibt hängen. Und dann fallen mir vergangene Nächte ein:

Ich vergesse mein Leben, während ich es lebe, es kommt und geht. Wirklich ist nur der Mangel. Und jetzt frage ich mich, wann die Liebe fassbarer ist als in der Angst, sie zu verlieren.

Ach, Rashid, Liebster, wie glücklich müssen wir miteinander gewesen sein, nein, wie glücklich müssen wir miteinander eines Tages wieder sein, wenn wir uns jetzt so fehlen! Ich habe Heimweh nach dir, jetzt, da ich das Wunder hinter mir habe. Das Wunder mit dem Namen: Ich war plötzlich in der Liebe zu Hause.

Wach auf, das hier soll halten, soll immer weitergehen, weiter, wach auf. Ich fürchte deinen Schlaf wie meine Rivalin. Ich fürchte dich in ihm. Was soll ich tun?

Immer wieder stehe ich in diesen Tagen am Fenster, verabschiede auch die Schwalben, wenn sie durch die Luft tauchen. Jetzt tauchen sie nicht mehr, und da stehe ich, ratlos: Dies ist nicht meine Welt. Keine Beziehung ist mehr, wie sie war. Jedes Gesicht ist anders, die Zeitung, die Natur, die Autos. Jedes Paar hat eine andere Bedeutung. Jeder Abschied, jeder Wunsch. Alles wendet sich weg. Hat sich die Welt von mir, habe ich mich schon von ihr losgesagt? Ist diese Liebe ein Trojanisches Pferd, das in Wahrheit mir das Leben raubt?

Und wo ist dieses Gefühl entsprungen, wenn nicht in unserer ersten Begegnung, in die ich wieder und wieder zurück tauche! Guten Tag, hättest du sagen sollen, ich bin der, der fehlen wird. Das Aroma des Mangels trägst du an deinem Körper, ein Hautgout. Wenn ich dich je besitzen wollte, dann nur, weil du nicht einer bist, den man besitzen kann. Du hast ein Loch in deinem Fundament. Du entkommst.

Denn deine Abwesenheit schmerzt stärker, als die Anwesenheit tröstet. Das Profil des Abwesenden, das modelliert die Liebe.

Und dennoch nistet man sich im Glück ein und beginnt selbst dort, mitten darin zu kränkeln. Warum? Weil es sich nicht steigern lässt, und man sich nun einmal daran gewöhnt hat, dass es wächst. So schlägt selbst die Fülle wieder in einen Mangel um.

Du warst der erste, der einen Krater reißen konnte, der erste, der mich bedürftig gemacht hat, zum ersten Mal war ich mir selbst nicht genug. Anders habe ich dich nicht gekannt. Denn du bist ein Schuft und strafst wie ein Schuft. Ich glaube, nur deshalb hast du mich – nach jenem furchtbaren Flug – immer wieder warten lassen, Leerstellen gesetzt, Pausenzeichen. Nicht geantwortet, nicht geschrieben.

Deine Wut dröhnte ja aus deinem Schweigen geradezu heraus. Dabei war ich die Sehnende von der traurigen Gestalt, die mit der Fernliebe, die jeden Tag an ihren Beinen heruntersieht und sagt: Dazwischen lag er, da wird er wieder liegen und bleiben wollen.

Doch nein, dachte ich im nächsten Augenblick, das ersehnte ich als eine Andere. Meine Sehnsucht hat mich ja auch verwandelt, und so stierte ich verzweifelt in meine letzten Erinnerungen, als du mich, vor deinem Abschied aus Tokio … Geküsst hast du mich da mit einer Begierde, die in meinem Mund ihre Haltbarkeit überschritt. Das tat weh, ich sollte fühlen, wie du dich mitten im Kuss von mir abgestoßen hast, nicht wahr. Selbst mit geschlossenen Augen sollte ich ruhig merken, wie die Leidenschaft in Routine überging. So bist du abgereist, eine kleine Ölpest hinterlassend, die sich in meinen Tagen verlief.

Weißt du, wie dieser Zustand war? Ahnst du, was er mir bedeutet hat? Leer leer leer. Kein Wort, kein Gruß, kein Griff. Ein Bad in Verlassenheit. After Shave, Feuchttücher, ein Antimyotikum. In die Luft küssend, voller Sehnsucht. Du Schuft, du weißt es doch besser, wie es sich anfühlt, zurückzubleiben.

Da muss sich das Rote Meer teilen zwischen uns. Alle diese Leute müssen weg, die aufgetürmten Städte, die komplizierten Verkehrswege müssen entwirrt, die Hügel müssen planiert, die Berge dem Erdboden gleich gemacht werden, damit wir uns sehen können, und wir müssen aufeinander zueilen in einer Gasse in Tokio meinetwegen, jedenfalls müssen wir aufeinander zu rasen dürfen, im Laufen die Knöpfe lösend et cetera, du weißt schon.

Ich kann dir diese Zeit kaum erklären.

Du bist abgereist und hast geschwiegen. Dachtest, du kannst das und triffst mich, empfindlich. Aber du hast dich geirrt. Wer an der Liebe herummanipuliert, verändert die Liebenden mit, beide.

Als ich im Flugzeug auf die falsche Seite fiel, habe ich dich nicht mehr verraten, als im Moment, da ich dir nicht wichtiger war als dein Schlaf, dein Essen, deine Körpertemperatur.

In dem, was wir verloren hatten, waren wir beide verloren, und weil es sonst nichts zu teilen gab, teilten wir unser Schweigen, ohne teilen zu können, und verzehrten Erinnerungsbilder, ohne an ihnen satt werden oder zugrunde gehen zu können. Abwesend sagten wir uns, in großer Entfernung und zeitversetzt – wenn wir irgendwo getrennt lagen in der Nacht und keine Übersicht hatten über alles, was uns jetzt noch zusammenhalten sollte – dann sagten wir uns, dass wir einander bestimmt waren. Zwei, die sich nachts aus der Liebe in das Schweigen drehen, zwei, die in der Frühe auseinander gehen müssen, wie zwei Angehörige rivalisierender Familien.

Du hättest reden wollen? Hättest mich irgendwann, an einem Abend, vielleicht schon halb betrunken, in Augenblicksform, am Apparat haben wollen, um mich stammeln zu hören, du: Frühmorgendlich proper, ich: Spätnächtlich weggetreten? Unverantwortlich? Entgrenzt? Wie sollte sich das anhören?

Mir war die Liebe immer so exklusiv vorgekommen. Ich hatte gemeint, wer braucht schon Realität, solange er liebt? Wer braucht mehr als ein Hintergrundrauschen, irgendetwas, das das Geräusch von Welt macht, etwas, an dem man den heiligen Stand des Paars ausstellen und genießen kann. They are playing our song. Das sind wir, das meint nur uns, das ist die Melodie.

Aber nach dem Desaster im Flugzeug fand ich unsere Idee verunreinigt von etwas, das wirklich schmeckte. Nicht der Verrat war es, eher diese tief sitzende Unzuverlässigkeit, Verfallenheit an etwas Anonymes, ja überhaupt, das Anonyme in allen Beziehungen schien mir plötzlich evident.

Dann bin ich eines Tages aufgewacht, und das Gefühl hatte einen neuen Namen: Dem Liebeskummer ist die ganze Welt ein Mangel. Alles muss er fühlen, den Kitsch der Reklame, die Sehnsucht sentimentaler Lieder, die Schönheit von Räumen, die man für immer verlassen hat, die Bedeutung von Gesten, über die niemand nachdachte, als sie noch selbstverständlich waren. Selbst die Paare auf den Straßen sind wie zu deiner Verletzung da platziert, denn dir soll nichts geschenkt werden. Sie geben alles, damit du nie vergisst, was dir fehlt, sie küssen sich, um sich an deinem verflossenen Glück zu rächen.

Muss ich dir danken, weil du meine Welt so reich gemacht hast, als du mich in die Welt des Liebeskummers einführtest? So wie ich früher vor den Prüfungen selbst mehr Angst hatte als davor, durchzufallen, kommt mir der Liebeskummer heute so viel größer vor als die Segnungen der Liebe. Wann ist sie rein, wann steril? Wann erleuchtet sie mich, wann brennt sie mich nieder?

Jetzt ist der Tod in Räumlichkeiten eingezogen, in denen du früher leben konntest, und in denen man jetzt nicht einmal sterben kann: Ja, die ganze unterdrückte und verdrängte Welt kehrt zurück, und jedes Detail trägt eine Wunde, und jede Wunde trägt einen deiner Namen.

Du suchst etwas Sachliches? Das gibt es nicht mehr, da ist nichts Objektives. Oder wäre an diesem einen Blick quer durch die Abendgesellschaft, wäre an der müden Geste, mit der man den Körper des anderen im

Halbschlaf zu sich holt, wäre an dem Blick, den man gemeinsam aus dem Fenster eines Zuges schweifen lässt, irgendetwas Sachliches, Reelles, das sich jetzt zum Trost und zur Verallgemeinerung umreißen und verabschieden ließe?

Die Liebe tut selten gut, aber wie gefährlich sie ist, fühlst du erst, wenn sie sich erschöpft.

»Aber früher hast du doch gesagt, ich gebe deinem Leben Kolorit«, klagte ich in einer unserer kleinen Streitigkeiten. Und du hast wirklich erwidert.

»Damals meinte ich es ja auch so.«

Es war die Zeit der Bleiche. Ich versuchte, dich zu erreichen, aber das war nicht möglich. Du pfiffst hundertmal die gleiche Melodie wie ein Idiot, als wäre ich nicht da. Wer weiß, wo dein Kopf war, und ich ging in der Früh in den benachbarten Park, rauchte zwei Zigaretten direkt hintereinander, bis ich fast ohnmächtig wurde und fand den Gesang der Vögel in den Hecken schöner als dich. Es ist beklemmend: Erst kommt dir die Liebe wie eine eigene Erkenntnis vor. Aber kaum erfährst du Rückschläge, setzt das Gefühl ein: Erst jetzt erkenne ich wirklich.

In einem der Bücher, die ich gelesen hatte, als ich ein Mädchen war, stieß ich damals auf den Satz: »Wer heute noch eine Welt hat, mit dem muss sie untergehen.« Da geht sie also unter, in ihrem Ende schön wie nie, und du möchtest sagen: Weißt du noch … weißt du noch …, aber es ist niemand mehr da, zu hören und zu wissen. Niemand wird die unteilbare Welt teilbar machen, und diese ganze unvermittelbare Existenz wandert in einen Koffer, oder sie tritt wie bei Cocteau durch den Spiegel – der Tod mit den Gummihandschuhen.

Und du rebellierst dagegen, wie du gegen den Tod rebellierst. Das ist nicht unser Ende, hörst du?

Es ist nichts, nur ein Schweigen liegt über den Tagen, und du empfindest verblüfft: Es ist alles noch da, aber plötzlich feindlich, wie zur Vernichtung aufgebaut, damit ich an jeder einzelnen Requisite einzeln zugrunde gehe. Denn was kann ich machen?

Nehme ich alles zusammen, was jetzt den Verlust herausschreit, so bleibt nur Gerümpel, kein Bett, kein Bild, kein Küchentisch und keine Musik. Wenn ich das aus meinem Leben verbanne, was bleibt von mir? Ich sage dir: Der Liebeskummer erreicht alles.

Ach, und ich hatte so gar keine Erfahrung mit dieser Form des Leidens. Die einzige Frau, die ich je aus Liebeskummer in Raserei habe verfallen sehen, war eine Geliebte von Tilman. Sie hatte das harte Naturell einer jener Gebirgsblumen, die auch auf Stein blühen können; folglich hieß sie Petra.

Nachdem Tilman sie verlassen hatte, musste ich zu ihr kommen, sie weinte viel, rang auch die Hände wie eine Magdalena und schrie, dass sie sich von nun an nie, nein nie wieder in einen Mann verlieben werde. Ich hielt dagegen. Am Ende wetteten wir um einen Vibrator. Zwei Monate später war sie wieder verliebt. Den Vibrator habe ich bis heute nicht bekommen.

Fatale Liebe, die sich schleichend auf all den blinden Objekten des Lebens niederlässt und sich von ihnen nicht mehr entfernen will. Harte Liebe, die sich dem Willen nicht beugt und in die Zeit nicht zurücktritt, aus der sie einmal schwach und umstritten heraustrat. Verlogene Liebe, die die Wahrheit an einer Stelle deponiert, an der es keine Wahrheit gibt.

Das Gefühl: Unglaublich, die Welt kommt zurecht. Ich gegen die Welt der Lieblosen. Wie könnt ihr weitermachen? Wie könnt ihr euch für etwas anderes interessieren? Wie könnt ihr zurechtkommen?

Ich beuge mich über dein Gesicht. Was sprichst du? Glaubst du, ich kann, was niemand kann, die Liebe vom Leiden trennen? Ich weiß jetzt nur: Die Liebe ist ein Laboratorium. Sie zerlegt dich, sie setzt den ganzen Menschen neu zusammen. Deine Antwort auf diese Situation war, mir keine Antwort zu geben, sie schuldig zu bleiben. Aber warum »schuldig«? Das hatte es nie gegeben zwischen uns.

Gefühle sind nichts Moralisches, Gebote schon, und es gab kein Gebot, das gesagt hätte: Du sollst mir schreiben, auch wenn du nicht willst. Du sollst anrufen, auch wenn dir nicht danach ist. Du sollst herbeireisen, auch wenn deine Liebe nicht mitreist. Waren wir so weit? Sogar, uns als Ganzes zu opfern?

Ich schrieb ... warte, wo ist der Brief:

»Was soll das heißen, dass du schweigst? Nichts, ich weiß. Was soll es heißen, dass ich schweige? Das weiß nur ich. Ich sitze hier, die Luft ist morgendlich grau, die Vögel haben zu singen begonnen, meine Knochen fühlen sich an, als könnte man eine Flöte aus ihnen schnitzen, und ich tauche auf aus Tagen des Höhlenlebens, der höheren und niederen Diplomatie, der Tage, an denen ich mich fast vergaß, weil man nur so die Grazie gewinnt, auf sechs Pferden gleichzeitig reiten zu können. Bin erschöpft, ausgewrungen, könnte schon morgens Tränen vergießen, wenn ich könnte, aber das nur aus Erschöpfung. Ich werde reisen, Tokio aufgeben, ich kehre zurück.«

Und umgekehrt? Manchmal habe ich Angst, dich vom Tod beschriftet zu finden, wenn ich dich finde, mit asiatischen Schriftzeichen auf deinem Körper, wie die Tätowierungen, die jetzt modern sind, weißt du?

»Hier in meinem Nacken soll ›Wahrheit‹ stehen«, sagen die Mädchen irgendeinem betrunkenen Tätowierer in Shinjuku oder Sankt Pauli, »und in meiner Leiste ›Friede‹ – ja, es wäre schön, wenn niemand tiefer als meine Leiste käme, ohne vorher am Frieden vorbei zu müssen.«

Aber diese Zeichen sind in Europa von Studio zu Studio so oft und ungenau kopiert worden, dass eines Tages ein Japaner im Schwimmbad auf dich zeigt und sagt: Das heißt nicht »Frieden«, das heißt »Magermilch«, und die »Wahrheit« heißt in Wahrheit »Fellbesatz«.

Ich verliere die Angst nicht, dass du aus deinem Schlaf erwachst und dieser lange Blick ins Nirwana auch uns inzwischen eine andere Bedeutung gegeben hat. Angst, Gram, Kummer, Sorge, du überschüttest mich mit allem. Ich kann nicht mehr die sein, die ich war.

Und dann blicke ich mich um, sehe mir Bürger und Touristen an, Pärchen, Senioren, Randgruppen, alle einsam, alle überfordert, alle unter der Last ihrer Gewohnheiten, und dann frage ich mich, mit festem Blick auf mein Glück, was wir wohl im Alter für ein Pärchen wären, was du anhättest, wie deine Haut nach einem Sonnenbad riechen mag, und ich tröste mich und denke, wir werden uns schon finden.

Bin ich denn wirklich so allein damit? Sind wir nicht eine ganze Nation, wir Liebeskranken? Zu den Waffen also, in den Krieg mit Trommelwirbel und Standarten! Helden werden.

Jetzt kann ich mein Leben mit deinen Augen sehen. Wie weit wird erst die Reise sein, die du in meine Arme zurücklegst? Und wie werden wir sein, wenn wir die Ideen erst einmal hinter uns haben und alles wieder in Körper und Alltag übersetzen müssen, so massiv und schwerfällig die auch sind.

Endlich beantworte ich die Fragen, die mir dein Schweigen stellt.

Was will ich noch in Tokio, frage ich mich, in dieser Schwulststadt mit ihrem Kult der Zukunft, mit der Auflösung des Menschen, mit der Unterwerfung des Einzelwesens unter Mauern, Straßen, Gräben, Tunnel, zu groß, zu dicht, zu kalt für Seelen, was will ich mit dieser grandiosen Vettel von einer Stadt, die lüstern tut. Was will ich in einer Stadt, in der die Liebe eine Jugendbewegung ist?

Die Antwort ist: Ich verlasse Tokio.

Ich möchte jetzt, bevor ich gehe, noch einmal deine Hand zwischen meine Beine lenken. Möchte, dass ich deine Stimme dabei höre und sehe, wie deine Augen noch größer werden und sprühen, so dass es wie Lametta an meinem Körper niederrieselt. Soll ich jetzt mal, mit deiner sich überschlagenden Rashid-Stimme, sagen, dass du mich verrückt machst?

Von dort in die praktische Welt: Einmal sehe ich deine blassen Beine in einer Arbeitshose verschwinden, einmal finden wir ein Hotel und prüfen als Erstes die Betten, einmal sagst du alle Mittagessen ab, und wir lagern schweigend und aneinander gedrückt auf einer Parkbank, einmal trete ich vor Sachverständigen auf, und du sitzt ganz hinten im Saal und lässt mich nicht aus deinem Blick heraus, einmal schleiche ich mich nachts zu dir und küsse deine geschlossenen Augen, und immer komme ich durch diese verborgene Pforte in deinen Alltag, und du bist so freundlich, das schön und verführerisch zu finden, darum komme ich so gerne hindurch, lehne im Türrahmen und schaue dir zu.

Wir leben auf einer Höhenlinie. Die Dramen sind dem Zustand gewichen. Wie damals, als wir unter den Bäumen saßen, im Spätsommer, stumm geworden, überschnappend vor Glück. Wir atmeten nicht aus, wir wurden ausgeatmet: Und so wünsche ich mir auch unser Ende, wir werden ausgeatmet wie Atem in die kalte Nacht, wir zerstäuben, und ich flüstere: Schlaf mit mir.

Ich reise also. Heb mir etwas von deinem Charme auf. Wende mir eine Stelle zu, die niemand sieht.

Einmal, vor ein paar Monaten, hast du deinen Kopf vom Gemüseputzen gehoben und gesagt: »Du bist ein Lichtstrahl auf meine Seele.« Das war schön, schön süßlich, aber auch so, als ob du einen Ausdruck ausprobiertest. Nicht aus deinem Fühlen stieg er auf, sondern aus deinem Vokabular, und du hast ihm hinterhergelauscht, so schön muss er in deinen Ohren geklungen haben. In der Liebe gibt es keine Trennlinie zwischen Original und Fälschung.

Deshalb klang diese Wendung in meinen Ohren traurig, und weil ich nicht reagierte, nicht dankbar war, warfst du umgekehrt mir vor, ich sei wohl vor allem »in die Liebe verliebt« – als ob das irgendetwas sagte, als ob sich das je sagen ließe! Aber vielleicht verliert ja, wer in seinem Leben zu viel geliebt wurde, am schnellsten die Fähigkeit, selbst zu lieben.

Seit dir das passierte, hatte ich Angst, Angst vor der Wahrheit, vor dem Satz, der sich nicht zurücknehmen lässt, vor der kleinen eiternden Bemerkung. Wenn einer je von der »wertvollen Beziehung« gesprochen hat, wenn er je im Streit aufführt, was er »in diese Beziehung investierte«, dann haben beide einander für immer verloren. Am Kleinsten erkennt man das Ganze. Reg dich nicht auf, es gibt keine Liebe, Geliebter.

Viel Zeit hatte ich, über die Liebe nachzudenken. Und jede Liebe schreitet mit Entschiedenheit durch die Gemeinsamkeit hindurch, hinein in die Erschöpfung, von da in die Zone des Nicht-Verstehens, Nicht-Genügens, Nicht-Seins. Das ist die Entbehrung. Da tritt man hinaus, frei, aber noch gebunden, gebunden, aber nie wirklich zu binden, wenn man in diesem Drama noch Liebe empfindet, dann liebt man wohl wirklich.

Verstehst du, so verstanden liebt man erst, wenn man die Liebe überwunden, die Einsamkeit gesehen, die Fremdheit erfahren hat und sie dann immer noch will, die Liebe. Das ist es. Man erringt die Liebe, indem man sie überwindet.

Du musstest ins Koma sinken, damit ich das erfahren konnte, und wieder warst du mir voraus, hattest vielleicht schon begonnen, dich an mich zu gewöhnen, was heißt, mich lieblos zu lieben. Routiniert und unter voller Beachtung der Rituale:

»Wie war dein Tag?« – »Was machen die Geschäfte?« – »Wünsche gute Verrichtungen.«

Deshalb habe ich, als du meintest, ich sei bloß in die Liebe verliebt, erwidert: »Und du liebst mich, ohne dich für mich zu interessieren.«

Es war keine Retourkutsche, doch ich sehe dich stutzen.

Dann sagst du wirklich: »In Ordnung, du interessierst dich ja schon selbst ausreichend für dich.«

Diese Bereitschaft, unter Waffen zu stehen, in den Konflikt zu gehen! Hast du selbst verstanden, was du da sagtest? Vergiss das nie, flehte ich mich selbst an, vergiss es nie! Über einen Haarriss legte sich der nächste. Wir reden von Haarrissen, nicht von mehr. Man muss auch sie schließen, sogar auf ihnen bauen können.

Trotzdem: Dort entspringt der böse Blick. Es klang nicht mehr wie früher, dein »Ich brauche dich.« Spricht so überhaupt die Liebe? Eher so: Irgendwas passiert in deinem Leben. Du greifst nach mir. In jedem Moment, in dem es eine Leerstelle in deinem Kopf gibt, erscheine ich. Ich bin dein Reflex, dir fällt nichts anderes ein, deshalb falle ich dir ein.

Mit deiner Angst vor der Liebe ist es nicht anders. Wahrscheinlich stellst du meinen Körper an die Stelle einer Verlegenheit, eines Zweifels. Auch meine Nacktheit ist eine Antwort. Sie befreit uns aus der Verlegenheit. Sex geht immer, und während wir uns lieben, versuchen wir mit jedem Mal, ein Stück unserer Verschiedenheit davonzuschwemmen, und tun so, als habe die Begierde eine gemeinsame Richtung. Nein, sie ist, wie jedes Gefühl, gemischtes Gefühl.

Wenn ich früher mit dem Schlafwagen gefahren bin, war das Licht immer blau, das Bett hart und schmal, und die Bilder trieben, man hörte in den Bergen die Stimmen der Grenzer in der Nacht, ihr Klappern unter den Waggons, ihre Kommandos. Nicht nach dem Zug, nicht nach der Nacht, nicht nach den Beamten sehne ich mich, aber nach dem Sound dieser Nächte.

Aber zu diesem Gefühl gehört es, dass ich niemanden hatte, dass ich allein und verfügbar war, und noch heute sehe ich diesen Zustand als ein Idyll.

Jetzt blicke ich meinen Sätzen nach und erschrecke. Gerade hat es mir nichts ausgemacht, dir weh zu tun. Man toleriert das Leiden des Anderen, das man selbst verursacht hat. Man blendet ab, taucht in die Abendröte dieser Liebe, man duldet, dass sie Schaden nimmt, weil es etwas Wichtigeres gibt. Was? Die Abwechslung? Den Akzentwechsel?

Früher war der Schmerz diffus. Er saß auf den Verhältnissen, die uns trennten, auf dem Lebensgefühl, das voller Mangel war. Mit einem Schlag ist der Schmerz nicht mehr unschuldig, er trägt deine Initialen. Er meint mich. Aber du hast gelacht.

»Es ist mir ernst«, sage ich, »man spielt nicht mit der Liebe!«

Und du: »Daran siehst du, wie einfältig sie ist!«

Wer die Liebende nicht angreifen will, greift die Liebe selbst an. Da wusste ich plötzlich so viel mehr über die Welt der Einsamkeit, aber ich wollte es nicht wissen.

Ich sage, was alle Paare sich sagen: Ich liebe dich, aber ich meine es persönlich, meine die Schmerzen, die du machst, die Pausen, die du schaffst, die Antworten, die du schuldig bleibst.

Wir waren mit unserem gemeinsamen Flug nach Tokio nicht an das Ende der Liebe gekommen, eher an das Ende ihres Wachstums. Immer hatte alles noch mehr sein müssen, zu wenig erschien uns, was nicht zu viel war.

Eines Tages aber stellte auch ich fest, und das ohne Erschrecken, es macht mich nicht unglücklich, dich unglücklich zu machen, nein, es macht mich glücklich, dich glücklich *und* unglücklich machen zu können. Ich will der Grund sein für alles, ich konkurriere mit der ganzen Welt, suche die Hoheit über alles, das dir widerfährt.

Ich folge deinen Wünschen nicht, binde mir die Haare zusammen, trage Lastex-Hosen, ermuntere im Restaurant den Kellner zu einem Gespräch.

Welches Leben knüpft da an? Welche Geste gilt jetzt noch ganz? Welche Berührung ist ohne Déjà vu? Welcher Kuss kein Zitat?

Das Gefühl ist porös. Von allen Seiten drängen andere Gefühle hinein, aus der Vergangenheit, aus der Kunst, aus Begegnungen aller Art, aus fernen Orten. Es zerfällt und kompostiert, wird zum ungenießbaren Gefühl und erstickt schließlich selbst das Leiden.

Zurück bleibe ich mit der Sehnsucht. Früher dachte ich, ich habe Phantasie. Jetzt erst entdeckte ich, dass ich auch Phantasien habe. Aber sie saßen wie Blutergüsse auf dem schönen Körper unserer Liebe.

Wo bin ich angekommen? Hiermit nehme ich Abschied von den Männern? Wäre es nur so! Meine Welt endet hier, soll sie das? Und was das Schlimmste ist: Ich begegne deiner Abwesenheit immer, wo ich dir am nächsten bin.

Das ist wie beim Sex: Wir schlafen miteinander, dringen ineinander, durch einander hindurch. Und dann ist da der Augenblick, kurz bevor wir den Scheitel unseres Himmels erreichen, mitten im Rausch, mitten in der Entgrenzung habe ich dich plötzlich verloren. Als seiest du mir plötzlich egal, ist es. Ich will ein Glas Wein, gemusterte Kniestrümpfe, nicht reden, irgendwas. Mittendrin sehe in meine Unabhängigkeit, satt von Lust. Furchtbar, ich könnte ohne Leiden ein Glas Buttermilch trinken und nicht sein, nicht für dich.

Bin ich ein unzuverlässiger Charakter oder ist die Lust so unpersönlich?

Es gibt keinen wahren Schmerz ohne Ohnmacht, ohne vollendete Tatsache. Ach, ich weiß ja nicht einmal, ob dich eher die Liebe ins Leben zurückbringt als das Rütteln, Kneifen, der Schmerz. Vielleicht müsste ich dir Schmerzen zufügen, damit du umkehrst. Bist du sicher, dass ich nicht deshalb so rede?

Liebe gehorcht nicht, sie kann nicht gebeten und nicht gefordert werden. Man muss sie erwecken wie jeden einzelnen Tag an jedem einzelnen Morgen. Damit erübrigt sich also auch die Antwort auf deine notorische Frage: Wozu kam die Liebe auf die Welt – zur Vervielfältigung oder zur Vervollkommnung des Menschen?

Aber auf welche Welt? Auf die aller.

Du hast begonnen, mir in Gesellschaft deine Aufmerksamkeit nur noch gestreut zukommen zu lassen: »Wir sprechen uns ja später noch richtig«, »wir haben uns ja sowieso immer«, »du wirst dich auch so amüsieren.«

Ich verstand: Du sahst mich nicht mehr scharf. Wollte ich unser eigentliches Leben führen, musste ich es erfinden. Auf dem Grund unserer Vorzeit verwitterten die Erfahrungen, die einmal für uns wirklich waren. Jetzt stehen sie da wie Strünke, lauter liegen gelassene Fäden und Gesichter, das Material, in das ich mein Gesicht drücke, um mit meiner Verzweiflung das Unmögliche zu beatmen.

Es tut mir Leid, wenn mir das im Verlauf dieses Selbstgesprächs erst richtig bewusst wird. Aber ist das nicht schon der Zustand des Verfalls? Und wenn wir beide noch einmal zusammen kämen, müssten wir uns nicht erneut erfinden? Wären wir nicht Menschen, die sich nur verlieren konnten, um sich endlich wirklich zu identifizieren, und zwar so, wie man Leichen identifiziert?

Entschuldige. Es geht darum, sich zu erkennen, von Kennen rede ich nicht. Denk doch: Das Wirklichste an uns wird dann nicht mehr die Illusion sein, sondern eine Welt, die durch die Trennung ging. In ihr wird das Phantom unserer alten Liebe ein Zuhause haben, um darin zu atmen und zu seufzen.

So etwa musst du dir meinen Zustand vorstellen. Satt, gesättigt von der Erkenntnis, dass das einzig unverzichtbare Leben jenes war, das wir schon einmal hinter uns hatten, hungrig, wieder in diese Zeit zurückzutauchen, in die Jugend unserer Geschichte, die Jugend eines Kusses.

Ich war die grüne Witwe, die Liebeskranke. Das war Tokio, und wenn ich jetzt von dort aufbreche, dann weil ich dich in der Liebe kenne und im Mangel, in der Innigkeit der Nähe und in der Gleichgültigkeit unserer Ferne, weil ich dich überall gehabt habe und haben will, in jedem Zustand. So ramponiert, wird man so leicht keine Braut.

Warst du wirklich nie so nah bei mir, um das wortlos zu wissen? Dann beginnen wir erst jetzt.

Hast du wirklich nie so weit weg von dir selbst gelebt, um mich tiefer zu verstehen? Dann enden wir jetzt.

Du weißt doch: Frauen wissen eigentlich alles. Trotzdem warten sie auf Worte. Du hast mich lange warten lassen, und jetzt soll ich auch noch unser Zukunftsszenario schreiben? Waren wir uns vielleicht nur im Leben ähnlich und in unseren Illusionen verschieden?

Man stellt sich immer alles anders und glücklich vor. Dann kommt das Leben.

Und lass mich dir noch das eine sagen: So lange habe ich Zeit gehabt, über jene Szene im Flugzeug nachzudenken. Sie kam mir unschuldig vor, anders als dir. Warum? Ist nicht der Höhepunkt der Lust der einzige Moment, in dem man seine Anhänglichkeit an das Leben hinter sich lässt, frei von allem, selbst von der Lust? Es geht von allein, der Körper macht das schon.

Diese Lust wird auch nicht von Wahrnehmungen oder Bildern erregt, sie bebildert sich selbst und dazu braucht man keinen Menschen mehr, nur noch Reibungswärme. Ich bin auf dem Scheitel der Lust und was sehe ich: Mal einen Quittenbaum, mal ein verlorenes Holzscheit im Schnee, mal ein niederländisches Stillleben, drei Würfel, ich kann sogar praktisch denken, mitten in der Erregung. Ich denke Worte wie »Werkzeuggebrauch« oder »Fruchteinwaage«.

Im zweiten Drittel vielleicht geht der Höhepunkt der Lust in einen Gedankenstrich über, dann in Erschöpfung im Kleid von Langeweile. Aus der Fülle heraus produziere ich selbst ihre Überwindung – um wo anzukommen? Ist am Ende das Bedürfnis nach einem neuen, anderen Zustand selbst stärker als die Erregung?

Aber heißt das nicht: Auf der Höhe der Lust hat man niemanden mehr, ist man menschenleer, und eine Kaffeetasse würde ausreichen, die Lust weiter zu treiben? Verstehst du, mit der Liebe geht man auf die Reise, und bei der Liebe kommt man hinterher wieder an. Nur auf diesem kleinen Stück der Reise, dem vermeintlichen Höhepunkt, verlässt man alles und alle, durchglüht von etwas anderem. Heißt das: Nicht das Aufbrechen, das Zurückkehren ist die Liebe?

Nächstes Jahr wirst du ein paar Jahre älter sein als heute. Du wirst schlanker, blasser, ferner sein, und ich werde wissen, was es heißt zu warten.

Die Mission lautete: Ich sollte mich durch dich erkennen. Schwere Geburt. Bin ich denn selbst überzeugt? Bin ich überzeugend?

Ich hätte schweigen können. Vielleicht hätte ich mein Schweigen lieber stehen gelassen, offen für alle Deutungen und alle Neuanfänge. Aber ich rede immer noch. Dieses Gefühl in mir redet für sich, als lebte es nur, wo es Zeichen hinterlässt. Doch es entgehen ihm nicht die

Schwächen der Liebe, ihre Ermüdungsbrüche ahnt es voraus. Groß ist die Liebe, wo sie unbestimmbar ist. Deshalb ist es gefährlich, was ich hier gemacht habe. Oder ist es ein Zwang, in ihre toten Augen hineinzureden?

Wir haben unserer Liebe ein gutes Leben bereitet, und dann haben wir eben doch auch unser Ende erreicht, irgendwo am Wege, zwischendurch. Es ist doch immer so: Irgendeine kleine Geste, eine Gewohnheit trägt plötzlich an der Oberfläche eine Maserung, die auf eine tiefere Erkrankung hinweist. Dann wird alles Adieu: Wir reden über uns, ich unterbreche dich für ein Klingeln meines Handys. Wir treten aus dem Fahrstuhl. Du lässt einer Fremden den Vortritt. Lauter kleine Tode, lauter notwendige Übergänge in die Gewohnheit.

Ich bin einsam geworden. Mathilde nennt meinen Zustand eine »Mangelerkrankung« und kommt mir mit Substanzen. Ich will nicht. Nichts Künstliches, bitte.

»Du bist ein Mensch«, sagt sie, »ein chemischer Prozess.«

Aber ich sehe mir meinen erschöpften Körper an und nenne es »Materialermüdung«. Die Mohrs haben mir gleich einen Therapeuten empfohlen, Generalschlüssel für alle, denen zu sich selbst nichts einfällt. Psychologie wirkt nicht bei mir, ich will einen Geliebten, kein Du-Objekt.

Der Frühling wirkt auch nicht bei mir. Ich will ja keinen Mann, weil ich erkältet bin oder unterzuckert. Auch erschöpft fließe ich schnell, muss fühlen, fressen, fühlen, ich muss in der Welt sein, und du bist mein schnellster Weg in die Welt. Du bist die Botschaft.

Deine Liebe ist wahr, wenn auch kryptisch. Sie ist ein beschädigter Datensatz.

Die meisten Menschen halten es nicht lange in undefinierten Räumen aus. Sie brauchen einen Ordnungsbegriff, eine Gattung. In all dem steckt etwas Bürokratisches, so, als wollten sie sagen, gibst du mir keine Ordnung, verlasse ich dich. Ich verlange auch nach Ordnung, trotzdem lebe ich nun seit Monaten mit dir in der Unordnung, im Zwischenreich, und breche gerade wieder auf, aus diesem Zustand mein Leben zu gewinnen.

Wir Schwindler, wir haben davon gesprochen, gemeinsam ein Individuum zu sein, mit starken Anziehungen und Abstoßungen und großen, von außen nicht einsehbaren Zonen. Wir hatten ja keine Ahnung! Nur wo eine Wunde ist, ist auch ein Individuum. Solange ich glücklich war, war ich alle auf einmal. Du hast alle in mir geliebt. Das ist vorbei.

Manchmal versöhnt es mich mit dem Drama unserer Situation, dass sich das Leben in dir so schön verkörpert. Es ist wahr: Ich liebe in dir dein Leben wie ein Material, das du auf deine Weise interpretierst. Aber jetzt, da das Leben in dir vielleicht ist, vielleicht nicht ist, was bewundere ich, was umarme ich noch in dir?

Du siehst, meine Fragen sind groß und feierlich, doch wünsche ich mir meinen Kummer leicht. Wie sehne ich mich nach Alltagssorgen, möchte wie andere schimpfen dürfen: »Du wolltest hier sein, wenn die Straßenbeleuchtung angeht.« »Ich hatte mit dem Essen auf dich gewartet.« »Du hättest wenigstens anrufen können.« »Ich habe mir Sorgen gemacht.«

Wo liegt der Unterschied zwischen dieser Liebe und einer Zwangsvorstellung? In ihrer Genießbarkeit? Vorbei. Dem Anschein von Freiheit? Erschöpft. Ich bin die Neurotikerin, die ihre Neurose erklären kann: Du bist es, du machst mich krank, ich bin schon viel verrückter, als du weißt, und ich kann die Spaziergänger am Ufer kaum noch erkennen.

Von innen fühlt sich das so anders an: Nie habe ich mich so sehr bei mir gefühlt, wie jetzt, da ich außer mir bin. Sollte ich traurig werden, wenn ich fühle, wie wenig Gewalt ich noch über mich habe? Immerhin bist du es doch, der mich beherrscht, ob du willst oder nicht. Deshalb gehe ich herum und frage andere, wer ich bin. Sollen doch sie mich mir erklären.

Bin ich längst eine glückliche Irre? Aber eben eine glückliche?

Warum bete ich dann gleichzeitig: Wenn ich diese Liebe doch endlich hinter mir hätte! Ich möchte frei sein, nicht verliebt. Du siehst doch, du tief verwurzelter Mensch, wie ich mich verliere, wie ich keinen Blick mehr für mich habe. Ist das so?

Außerhalb der Liebe, wo ist das, wie komme ich da hin? Was werde ich von mir denken, wenn ich herausbekomme, wer ich jetzt war?

Mach dir keine Sorgen. Man kann nicht halbherzig lieben, ich bin noch immer für die Wahrheit. Also genieße ich es auch, von dir in die Unfreiheit entlassen zu sein.

Ich hatte angefangen und wollte alles sagen. Vielleicht bin ich jetzt an dem Punkt, die Liebe einmal überwunden und wieder errungen zu haben, aber wenn ich etwas weiß, dann, dass man sie nicht aussprechen kann! »Du ahnst nicht, wie ich dich liebe«, haben alle großen Liebenden gesagt. Klingt bedenklich, wenn auch ich dir sage: Du ahnst nicht, wie ... Der Rest ist Schweigen. Könnte ich mein Schweigen taufen, es trüge deinen Namen.

Ja, ich sehe dich an und benenne dich. Alles andere ist weniger. Wir haben unsere Sprachen ineinander geführt wie zwei Schäfer ihre Herden. Nur auf deine Sprachlosigkeit hast du mich nicht vorbereitet.

Also von Anfang an: Hast du mich nur ein bisschen lieb? Könntest du dir vorstellen, mich zu lieben? Liebst du mich nicht mehr? Warum sagst du mir nie, dass du mich liebst? Im Bett flüstere ich solche Fragen vor mich hin. Wie eine Nonne. Anschließend weine ich. Wenn ich nicht weinte, würde ich mir selbst nicht glauben.

Früher schien es mir so schwer, zu lieben. Heute weiß ich, es war leichter, bei dir anzukommen als in diesem Leben ohne dich, denn nur so habe ich dich: Als Chimäre, als Nebel, als Fata Morgana, also als etwas, das man hat, indem man es nicht hat und nicht haben kann. Nicht wahr, das machst du, um deinen Zauber über mir auszuschütten. Aber eine Fata Morgana wirft keinen Schatten.

Weißt du eigentlich, welches das wahre Hindernis ist zwischen uns und unserer Wiederbegegnung? Natürlich weißt du es: Es ist das Jetzt, der jetzige Zustand. Dieser hier, in dem ich dich ausdenke und du der vollkommene bestimmt-unbestimmte Mann bist. Wird es eines Tages unerträglich sein, das nicht mehr zu haben, sondern eine Inventarliste dessen, was wir wirklich sind?

Komme ich je über dich hinweg, über den, der du jetzt, in diesem Augenblick für mich bist? Komme ich je darüber hinweg, dass die Ferne, in der du lebst, mir wie eine andere Frau erscheint, mit der du mich betrügst?

Ja, du verwandelst dich. Als Gegenstand meiner Sorge bist du nicht mehr, was du als Gegenstand meiner Liebe bist.

Warum hast du mich dazu gebracht, dir all das zu sagen? Warum siehst du böse aus, während du dies hörst? Glaubst du etwa, man kann dem Gang der Erkenntnis eine willkürliche Grenze setzen? Bis hierhin, danke. Die ganze Wahrheit ein andermal?

Oder muss man irgendwo aufhören? Ruiniere ich uns sonst? Es war an mir, meine Liebe zu zeigen, indem ich sie nicht aussprach. Ich hätte dich vor uns schützen müssen. Warst du es nicht, der mir eines Tages Flauberts dämonischen Satz entgegenschleuderte: »Ich habe so tief von Gefühlen geträumt, dass ich ihrer müde bin.«

Ich träume anders: Die Liebe mag ein Gefühl sein, das wir teilen, aber heißt das schon, dass es sich um dasselbe Gefühl handelt? Du hast das Gefühl zwar geweckt, aber danach war ich allein damit. Du hast es inspiriert, danke, und weiter?

Heute weiß ich es besser. In Wirklichkeit tritt man nur, wo man liebt, in eine andere Einsamkeit. Wo man so persönlich ist, ist man immer allein, und glaub mir, ich habe den leichteren Teil. Es ist immer noch leichter zu lieben, als geliebt zu werden. Am Ende habe ich mein ganzes Leben auf so wenig gebaut, deine und ein paar weitere Worte, für diese tue ich immer noch alles. Aber will ich in meinem einzigen Leben am Ende nichts so sehr getan haben wie zu lieben und zu warten?

Und wenn ich Nein sage, wo komme ich an?

Keiner küsst keinen, jeder sich selbst?

Antworte nicht. Ich bin so froh. Ich muss nicht wissen, was die Liebe ist, will auch die Stelle nicht sehen, an der kein Mensch mit einem anderen zusammenhängt. Vor die Wahl gestellt, reise ich ab und entscheide mich für mein Heimweh.

Ich verdanke dir viel. Du hast mich reicher gemacht, nicht nur durch dein Schweigen.

In einer arabischen Novelle gibt es eine Frau, die zu ihrem Liebhaber sagt: »Ich werde dich erhören, wenn du hundert Tage unter meinem Fenster sitzt und auf mich wartest.« Am 99. Tag nimmt er seinen Stuhl und geht.

Ich bin dieser Liebhaber, es ist der 99. Tag.